CARAMBAIA

21

Vladímir Zazúbrin

Lasca

Tradução e posfácio
Irineu Franco Perpetuo

I

No pátio, batiam os caminhões os pés de aço. Um tremor por todo o prédio de pedra.
No terceiro andar, na mesa de Srúbov, retiniam as tampas de cobre dos tinteiros. Srúbov empalideceu. Os membros do colégio e o juiz de instrução acenderam os cigarros apressadamente. Cada um atrás de uma cortininha de fumaça. E os olhos no chão.
No porão, padre Vassíli ergueu a cruz do peito acima da cabeça.
– Irmãos e irmãs, oremos na hora derradeira.
Batina verde-escura, barriga caída, crânio calvo, redondo – uma hostiazinha mofada. Ficou no canto. Das tarimbas, murmurando, desceram sombras negras. Estreitaram-se contra o solo, gemendo.
No outro canto, o tenente Snejnítski, azulando, agonizava. Com um nó curto, feito com os suspensórios, o alferes Skatchkov estrangulava-o. O oficial apressava-se

– temia que o notassem. Voltou as costas largas para a porta. Apertava a cabeça de Snejnítski entre os joelhos. E puxava. Para si mesmo, preparara um estilhaço afiado de garrafa.

E os veículos ressoavam no pátio. E todos no prédio de pedra de três andares sabiam que eles serviam para a remoção de cadáveres.

Uma serpente gorda e peluda curvava-se na manga larga com a cruz. Rostos pálidos erguiam-se do solo. Olhos mortos, extintos, desprendiam-se das órbitas, lacrimejando. Poucos viam a cruz com clareza. Outros, apenas uma placa estreita e prateada. Algumas pessoas – uma estrela cintilante. Os demais – o vazio negro. A língua do sacerdote colava no palato, nos lábios. Os lábios estavam lilás, frios.

– Em nome do Pai, do Filho...

Nas paredes cinza, suor cinza. Nos cantos, rendilhados de geada.

As palavras da oração farfalhavam pelo chão como folhas caídas. As pessoas desvairavam-se. Suavam frio como as paredes. Mas tremiam. Enquanto as paredes eram imóveis – tinham a firmeza indestrutível da pedra.

O comandante usava boina vermelha, culotes vermelhos, camisa militar azul-escura, boldrié inglês castanho no peito, uma máuser de cano curto sem coldre, botas reluzentes. Tinha a cara barbeada e corada de boneco de vitrine de barbearia. Entrou no gabinete de forma absolutamente silenciosa. À porta, retesou-se, enrijeceu.

Srúbov mal ergueu a cabeça.

– Está pronto?

O comandante respondeu curto e grosso, quase gritando:

– Pronto!

E voltou a ficar petrificado. Apenas os olhos, com os pontinhos pungentes das pupilas, de um brilho agudo e vítreo, estavam irrequietos.

Srúbov e os outros que estavam no gabinete tinham os olhos iguais – vítreos, brilhantes e agudamente ansiosos.

– Retirem os primeiros cinco. Já vou.

Sem se apressar, encheu o cachimbo. Despedindo-se, apertou a mão de todos, olhando de lado.

Morgunov não lhe deu a mão.

– Vou com o senhor, para dar uma olhada.

Era a primeira vez dele na Tcheká[1]. Srúbov calou-se, fez uma careta. Vestiu a peliça curta preta, o gorro rubro de orelhas compridas na cabeça. No corredor, acendeu o cachimbo. Morgunov, alto e pesado, de

---

[1] Sigla de Comissão Extraordinária para Luta contra a Contrarrevolução e Sabotagem, primeiro órgão de segurança da URSS, antecessora do KGB. [Todas as notas são do tradutor.]

sobretudo e gorro alto, ambos de pele, seguia-o, arqueado. No teto, as bolhas incandescentes das lâmpadas. Srúbov puxou as orelhas do gorro. Cobriu a testa e metade dos olhos. Olhou para seus pés. Quadradinhos cinza de madeira, parquete. Tinham-lhes enfiado em uma linha e puxado. Deslizavam sob os pés de Srúbov, e ele, sem saber para quê, contava depressa:

– ... Três... sete... quinze... vinte e um...

No chão, cinzentas, nas paredes, brancas – as tabuletas das seções. Não olhava, mas via. Também estavam alinhadas.

... Operações secretas... contrarrevol... entrada proib... banditismo... crim...

Contou 67 cinzentas, perdeu a conta. Parou, virou-se para trás. Olhou irritado para o bigode ruivo de Morgunov. E, ao compreender, carregou o sobrolho, abanou os braços. Bateu os saltos, avançando. Repetia, mentalmente: "... Mental-mente... sentimentos... senti...".

Irritou-se, mas não conseguia se libertar.

– ... Senti-mentos... mentos-senti...

No patamar da escada, um vigia. E, atrás, aquele espectador, testemunha desnecessária. Repugnava a Srúbov que olhassem para ele, que estivesse tão claro. E daí os degraus. E retomou.

– ... Dois... quatro... cinco...

O patamar estava vazio. De novo:

– ... Um... dois... oito...

Segundo andar. Outro vigia. Passou por ele de lado. Mais degraus.

Mais.

Último vigia. Mais rápido. Porta. Pátio. Neve. Mais claro que no corredor.

Daí baionetas. Toda uma paliçada. E Morgunov, sem tato, agarra a manga esquerda, puxa conversa.

O padre Vassíli, sempre com a cruz erguida. Os condenados perto dele, de joelhos. Tentavam cantar em coro. Mas cada um cantava por si.

– Des-can-sa no Se-nho-or...

Eram apenas cinco mulheres. E as vozes masculinas não se ouviam. O medo cravara-lhes aros de ferro na caixa torácica e na garganta, com força, e as esmagava. Os homens apenas rangiam, com voz fina e entrecortada:

– Des-can-sa... des-can-sa...

O comandante também vestiu uma peliça curta. Mas amarela. Descera ao porão com uma folha branca – a lista.

O ferrolho da porta emitiu um estrondo pesado.

Os cantores não tinham língua. A boca deles estava cheia de areia ardente. Nem todos que estavam de joelhos conseguiram se levantar. Arrastaram-se para os cantos, para as tarimbas, para debaixo das tarimbas. Um rebanho de ovelhas. Apenas guinchavam como gatos. O sacerdote, arrimando-se na parede, gaguejava baixo:

– ... No Se-e-e-nho-o...

E o ar se deteriorava ruidosamente.

O comandante sacudiu o papel. Sua voz era úmida; a terra, opressiva. Chamou cinco sobrenomes – esmagando, enterrando. Eles não tinham forças para sair do lugar. O ar ficou como o de uma fossa séptica revirada. O comandante tapou o nariz com nojo.

Um capitão cossaco, de bigode comprido, aproximou-se e perguntou:

– Para onde vamos?

Todos sabiam: para o fuzilamento. Mas não tinham ouvido a sentença. Queriam saber definitivamente, com exatidão. A incerteza era pior.

O comandante era severo, sério. Então, de maneira direta, sem enrubescer, sem se perturbar, cravou olho no olho e declarou:

– Para Omsk.

O capitão cossaco deu um risinho, sentando-se.

– Via subterrânea?

O coronel Nikítin também achou graça. Arqueou as costas largas de membro da guarda e, por entre a barba:

– Há, Há...

E não viu que, debaixo dele e do vizinho, o general Treúkhov, filetes lamacentos rastejavam pelas tarimbas. No chão, formavam charcos e vapor.

Os cinco foram levados. A porta obstruiu solidamente a saída. O alçapão rangeu no pátio. O barulho dos veículos ficou mais claro. E parecia a batida de torrões de terra congelada na porta de ferro do porão. Os detentos tiveram a impressão de estarem sendo enterrados vivos.

– Tu-tu-tu-tu-tu. Fr-tu-tu. Fr-tu-tu.

O capitão Bojenko ergueu-se junto à parede. Pôs as mãos nos quadris. Ergueu a cabeça. Sob o teto, uma lampadinha fraca. O capitão piscou para ela.

– Irmão, não vão me encontrar.

E ficou de quatro, embaixo da tarimba.

Do canto, o tenente Snejnítski mostrava a todos a língua azul e morta. Skatchkov escondera-o do comandante. Mas não cortara a garganta. Girava o vidro nas mãos e não se decidia.

A pequena bolha de luz do teto rebentou inesperadamente. O pus de sua resina negra espirrou nos olhos de todos. Trevas. Na escuridão não havia mais medo – havia desespero. Impossível sentar e esperar. Mas as paredes, as paredes. O chão de tijolos. Arrastaram-se por ele, guinchando. Com as unhas, com os dentes, nas pedras úmidas.

Srúbov e os cinco que haviam sido levados tinham a impressão de que o pátio estreito e nevado era um salão metálico que fora aquecido até ficar incandescente. Girando devagar no fundo do poço de pedra de três andares, o salão pegava as pessoas e lançava-as no alçapão de outro porão, na extremidade oposta do pátio. Na garganta estreita da escada em caracol, dois ficaram sem fôlego, suas cabeças rodaram – caíram. Os três restantes foram derrubados. O grupo despencou no chão de terra.

O segundo porão, sem tarimbas, curvava-se na forma da letra L. No lado mais curto da letra de pedra, longe da saída, a escuridão. Na cauda longa – o dia. As lâmpadas ficavam mais fortes a cada cinco passos. Todos os montículos e buracos do chão eram visíveis. Não havia onde se esconder. As paredes uniam-se solidamente, penhascos de tijolos soldando-se em ângulos agudos e nítidos. Acima, o bloco oco de pedra do teto pendia. Não havia por onde fugir. Além disso, a escolta estava atrás, à frente, dos lados. Espingardas, sabres, revólveres, estrelas vermelhas, vermelhas. Mais ferros e armas do que gente.

A "mureta" branquejava no limite entre a cauda iluminada e a curva sem luz. Cinco portas, cujas dobradiças tinham sido arrancadas, estavam encostadas no penhasco de tijolo. Perto delas havia cinco tchekistas[2]. Nas mãos, revólveres grandes. O cão das armas – negros pontos de interrogação – estava engatilhado.

O comandante deteve os condenados e ordenou:

---

2 Membros da Tcheká.

– Dispam-se!

A ordem foi como um golpe. Os cinco contraíram e dobraram os joelhos. E Srúbov sentiu como se a ordem do comandante fosse para ele. Desabotoou a peliça curta, inconscientemente. E, ao mesmo tempo, a razão assegurava que aquilo era um absurdo, que ele era presidente da Gubtcheká[3] e deveria dirigir o fuzilamento. Dominou-se com esforço. Olhou para o comandante, para os outros tchekistas – ninguém prestava atenção nele.

Os condenados despiam-se com mãos trêmulas. Os dedos, congelados, não obedeciam, não se dobravam. Botões e colchetes não soltavam. Embaralhavam-se os cordões, os cadarços. O comandante, mordendo uma *papirossa*[4], apressava-os:

– Mais rápido, mais rápido.

A cabeça de um ficou presa na camisa, e ele não se apressou em soltá-la. Ninguém queria ser o primeiro a se despir. Olhavam um para o outro com o rabo do olho, demoravam-se. E o tenente cossaco Káchin não se despia em absoluto. Ficava sentado, crispado, abraçando os joelhos. Olhava de forma opaca para um ponto no bico de sua bota desbotada e rasgada. Iefim Solómin aproximou-se dele. Revólver na mão

---

[3] Tcheká da província.
[4] Cigarro com piteira de cartão.

direita, atrás das costas. Com a esquerda, acariciou a cabeça. Káchin sobressaltou-se, abriu a boca espantado, com os olhos no tchekista.

– Por que ficou pensativo, queridinho? Ou se assustou?[5]

E a mão sempre no cabelo. Falava baixo, arrastado.

– Sem medo, sem medo, queridinho. Sua mortezinha ainda tá longe, longe. Por enquanto, ainda não tem nada de terrível. Me deixa ajudar você a tirar o casaquim.

Afetuoso, firme e seguro, desabotoou, com a mão esquerda, a túnica militar do oficial.

– Não precisa ter medo, queridinho. Agora tiramos a manguinha.

Káchin esmoreceu. Abriu os braços, dócil, sem vontade. Em seu rosto havia lágrimas. Mas não as notou. Solómin subjugara-o completamente.

– Agora as calças. Tudo bem, tudo bem, queridinho.

Os olhos de Solómin eram honestos, azuis. O rosto, aberto, com maçãs salientes. Tinha uma bucha suja no queixo e, no lábio superior, uma franja rala. Despia Káchin como um enfermeiro solícito faria com um paciente.

---

5 No original, todas as falas deste personagem trazem marcas de sotaque e expressões regionais.

– As ceroulas...

Srúbov sentia toda a inexorabilidade da situação dos condenados com uma clareza de doer. Tinha a impressão de que a maior medida de violência não era o fuzilamento em si, mas aquele despir-se. Sem roupa íntima, no chão nu. Pelado entre vestidos. Humilhação máxima. O peso da espera da morte era reforçado pelo caráter corriqueiro das circunstâncias. Piso sujo, paredes empoeiradas, porão. E talvez cada um deles tivesse sonhado em ser presidente da Assembleia Constituinte? Talvez primeiro-ministro da monarquia restaurada na Rússia? Talvez o próprio imperador? Srúbov também sonhava em se tornar comissário do povo, não apenas da RSFSR, mas talvez até da MSFSR.[6] E Srúbov teve a impressão de que agora seria fuzilado com eles. Um frio de agulhas finas percorreu-lhe a espinha. As mãos reviraram o boldrié, a barba áspera.

Um homem pelado e ossudo estava de pé, o pincenê reluzindo. Fora o primeiro a se despir. O comandante apontou para seu nariz:

– Tire.

---

6 Comissário do povo era o nome que se dava aos ministros na Rússia soviética. RSFSR e MSFSR são siglas, respectivamente, de República Socialista Federativa Soviética da Rússia e República Socialista Federativa Soviética Mundial.

O pelado inclinou-se um pouco para o comandante, sorrindo. Srúbov viu o rosto fino de intelectual, o olhar inteligente e a barbicha castanho-clara.

– Mas então como vou ficar? Pois então não verei nem a mureta.

Na pergunta, no sorriso, havia algo ingênuo, infantil. Srúbov pensou: "Ninguém nunca vai fuzilar ninguém". E os tchekistas gargalharam. O comandante deixou cair a *papirossa*.

– O senhor é um sujeito excelente, o diabo que o carregue. Bem, não há problema, nós o conduziremos. Mesmo assim, tire esse pincenê.

Um outro, obeso, de pelo preto no peito, disse, com voz pesada, de baixo:

– Quero fazer uma última declaração.

O comandante voltou-se para Srúbov. Srúbov chegou mais perto. Tirou um bloco de notas. Pôs-se a anotar sem pensar no sentido da declaração, sem criticá-la. Estava contente com o adiamento do momento decisivo. E o gordo mentia, embrulhava-se, prolongava-se.

– Perto do bosque, entre o riacho e o pântano, nos arbustos...

Dizia que o destacamento dos Brancos em que servira enterrara muito ouro em algum lugar. Nenhum dos tchekistas acreditava nele. Todos sabiam que estava apenas tentando ganhar tempo. No fim das contas, o condenado propunha que adiassem seu fuzilamento, levassem-no como guia, e ele mostraria onde o ouro estava escondido.

Srúbov enfiou o bloco de notas no bolso. O comandante, rindo, bateu no ombro do pelado:

– Deixe de enrolar, tio. Em posição.

Todos já estavam despidos. Esfregavam as mãos por causa do frio. Trocavam o peso do corpo de um pé para outro. As roupas de baixo e suas vestes eram um monte variegado. O comandante fez um gesto com a mão – convidou.

– Em posição.

O obeso de pelo preto começou a uivar, engasgando com as lágrimas. Um bandido comum, de rosto inerte e indiferente, aproximou-se da janela, vindo da porta. Abriu largamente, com firmeza, as pernas curvadas e peludas, com pés enormes e chatos. Um capitão de cavalaria de pernas finas, do destacamento punitivo, gritou:

– Viva o poder soviético!

Vanka Mudýnia, de nariz chato e rosto largo, barbeado, avançou para ele com o revólver apontado. Agitou o punho fibroso e tatuado de marinheiro diante do capitão de cavalaria. E, com um escarro sonolento entre dentes, com zombaria:

– Não grite, não teremos piedade.

Um comunista, condenado por peculato, baixou a

cabeça redonda e raspada e disse, surdamente, para o chão:

– Perdão, camaradas.

E o alegre de barbicha castanho-clara, já sem pincenê, fazia todos rirem, mesmo ali.

Ficou em posição, fazendo uma cara estúpida.

– Veja como são as portas para o outro mundo, sem dobradiças. Agora vou saber.

E Srúbov voltou a pensar que eles não seriam fuzilados. E o comandante, sempre rindo, ordenou:

– Virem-se.

Os condenados não entenderam.

– Virem-se de cara para a mureta e de costas para nós.

Srúbov sabia que, assim que se virassem, cinco tchekistas levantariam os revólveres ao mesmo tempo e atirariam à queima-roupa na nuca de cada um.

Quando os pelados finalmente entenderam o que os vestidos queriam deles, Srúbov conseguiu encher e acender o cachimbo que se apagara. Logo se viraram e – fim. Os rostos da escolta, do comandante, dos tchekistas de revólver e de Srúbov estavam idênticos – tensos e pálidos. Apenas Solómin permanecia absolutamente tranquilo. Seu rosto não estava mais preocupado que o necessário para um trabalho ordinário, corriqueiro. Os olhos de Srúbov estavam no cachimbo, na chama. Mesmo assim, reparou que

Morgunov, pálido, inspirando ar pela boca, virara-se. Porém uma força atraía-o para o lado dos cinco pelados, e contorceu o rosto e os olhos na direção deles. A chama do cachimbo estremeceu. Veio uma batida doída nos ouvidos. Pedaços brancos de carne crua tinham desabado no chão. Os tchekistas, de revólveres fumegantes, afastaram-se rapidamente, estalando na mesma hora o cão das armas. As pernas dos fuzilados convulsionavam-se. O obeso, com um guincho sonoro, suspirou pela última vez. Srúbov pensou: "Existe ou não a alma? Talvez o guincho seja a alma a sair?".

Dois homens de capotes cinzentos habilmente passaram laços nos pés dos cadáveres, arrastando-os para a dobra escura do porão. Outros dois escavavam a terra com pás, jogando-a nos regatos fumegantes de sangue. Solómin, metendo o revólver no cinto, classificava a roupa de baixo dos fuzilados. Zelosamente colocava cueca com cueca, camisa com camisa, e as vestes de cima à parte.

Entre os cinco seguintes, estava o pope. Não se controlava. Mal arrastava o corpo gordo nas perninhas curtas, e retinia, com voz fina:

– Santo Deus, santo poderoso...

Seus olhos saíam das órbitas. Srúbov lembrou-se de como sua mãe preparava pães em formato de cotovia, usando uvas-passas como olhos. A cabeça do pope parecia a cabeça da cotovia, saindo dos ombros com os olhos-passas, cheia de calor. Padre Vassíli tombou de joelhos:

– Irmãos, queridos, não matem...

Mas para Srúbov ele já não era um homem – era massa, uma cotovia feita de massa. Assim não dava nenhuma pena. O coração endureceu com a raiva. Soltou entre dentes, com nitidez:

– Pare de se lamuriar, flauta de Deus. Moscou não acredita em lágrimas.

Sua firmeza rude foi um estímulo para os outros tchekistas. Mudýnia enrolou um cigarro:

– Dê-lhe um pontapé no traseiro e ele se cala.

Semión Khudonógov, alto e requebrante, e Aleksei Boje, baixo, quadrado e de pernas tortas, agarraram o pope, derrubaram-no, puseram-se a despi-lo, e ele novamente entoou, como um vidro a retinir em um caixilho fendido:

– Santo Deus, santo poderoso...

Iefim Solómin deteve-os:

– Não toquem no padre. Ele se despe sozinho.

O pope se calou, com olhos turvos em Solómin. Khudonógov e Boje afastaram-se.

– Irmãos, não me dispam. Os sacerdotes devem ser sepultados com os paramentos.

Solómin foi carinhoso.

– De sotaina, queridinho, é mais difícil. A sotaina puxa.

O pope se deitou no chão. Solómin sentou-se sobre ele, de cócoras, arregaçando até os joelhos as abas do longo capote cinza e desabotoando-lhe a roupeta negra de repes.

– Isso não é nada, queridinho, isso de ficar pelado. Você precisava era de uma boa sauna. Quando a pessoa está limpa e enxuta, fica mais fácil morrer. Já, já tiro esses trapos. Comigo você vai ficar que nem um passarinho, de asinha lisa.

O sacerdote usava roupa de baixo fina, de linho. Solómin desatou solicitamente as fitas dos tornozelos.

– Só assassinos matam quem está de sotaina. Nós não matamos, punimos. E a punição, queridinho, é uma coisa grandiosa.

Um oficial pediu para fumar. O comandante deixou. O oficial acendeu o cigarro e, erguendo as sobrancelhas, apertou os olhos com calma, por causa da fumaça.

– Com nosso fuzilamento não vão consertar os transportes nem resolver a questão alimentar.

Srúbov ouviu e encolerizou-se ainda mais.

Mais dois se despiram, como em um vestiário de sauna, rindo, tagarelando sobre ninharias, aparentando não reparar, não ver nem querer ver nada. Srúbov fitou ambos com atenção e entendeu que aquilo era apenas uma mascarada – os olhos dos dois estavam mortos, arregalados de pavor. A quinta, uma mulher – camponesa –, após se despir fez o sinal da cruz com calma e postou-se sob o revólver.

Mas o que estava com a *papirossa* e irritara Srúbov não queria virar de costas.

– Peço que me atirem na testa.

Srúbov cortou-o:

– Não posso contrariar o sistema – só atiramos na nuca. Ordeno que se vire.

A vontade do oficial pelado era mais fraca. Virou-se. Viu, na madeira da porta, um monte de buraquinhos. E teve vontade de ser uma mosquinha pequena, bem pequena, de se esgueirar por um daqueles buracos e depois achar uma fresta e sair voando para a liberdade. (No exército de Koltchak, ele sonhara em terminar o serviço como comandante de corpo – ou seja, general.) E, de repente, aquele buraco que elegera para si ficou enorme. O oficial saltou nele com facilidade e morreu. A pupila de seu olho direito aberto era tão larga e irregular como o novo buraco na porta, da bala que lhe atravessara a cabeça.

A barriga do padre Vassíli era massa que escorria da massadeira para o chão. (O padre Vassíli nunca pensou em virar bispo. Mas contava ser arquidiácono.)

Também arrastaram esses com cordas, pelos pés, para a dobra escura. Todos eles – cada um à sua maneira – sonhavam em viver e em ser algo. Mas vale a pena falar disso quando sobraram apenas três deles, 4 *puds*[7] de carne fresca?

Não trouxeram os outros cinco até que o sangue fosse coberto de terra e os cadáveres, removidos. Os tchekistas enrolavam cigarros.

– Iefim, você tem que ficar sempre coaxando para eles, como um sapo? – perguntou Boje, o quadrado. Solómin esfregou o dedo no nariz.

– Mas pra que mexer e se irritar com eles? São inimigos enquanto não são capturados. Aqui, são gado mudo. Em casa, quando os camponeses faziam um abate, era sempre com carinho. Você vai, acaricia, calma, Pardinha, calma. Só assim ela sossega. Também preciso fazer assim, pois facilita.

Cinco fuzilavam – Iefim Solómin, Vanka Mudýnia, Semión Khudonógov, Aleksei Boje, Naum Nepomniáschikh. Nenhum deles reparou que nos últimos cinco havia uma mulher. Todos viam apenas cinco pedaços de carne crua ensanguentada.

Três atiravam como autômatos. E seus olhos eram vazios, com um brilho vítreo morto. Tudo que faziam no porão, faziam-no quase inconscientemente. Esperavam os condenados se despirem, levantavam-se, erguiam os revólveres de forma mecânica, atiravam,

---

7 Medida antiga, equivalente a 16,3 quilos.

afastavam-se correndo para trás, substituíam os fuzilados, carregados por outros. Esperavam que removessem os cadáveres e trouxessem novos. Somente quando os sentenciados gritavam, resistiam, o sangue dos três espumava com uma raiva abrasadora. Então xingavam, baixavam os punhos, as coronhas dos revólveres. E então, erguendo os revólveres até a nuca dos pelados, sentiam nas mãos, no peito, um arrepio frio. Era medo de falhar, de ferir. Era preciso matar de uma vez. E se o agonizante guinchava, arrotava, cuspindo sangue, daí ficava abafado no porão, dava vontade de sair e beber até perder a consciência. Mas não havia forças. Alguém enorme e poderoso obrigava a erguer o braço apressadamente e dar cabo do ferido.

Assim atiravam Vanka Mudýnia, Semión Khudonógov, Naum Nepomniáschikh.

Apenas Iefim Solómin sentia-se livre e leve. Sabia com firmeza que fuzilar a Guarda Branca era tão indispensável quanto abater gado. E, assim como não podia se zangar com a vaca que lhe oferecia docilmente o pescoço para a faca, tampouco sentia raiva dos condenados, que lhe viravam a nuca descoberta. Mas não havia nele pena dos fuzilados. Solómin sabia que eram inimigos da revolução. E servia a revolução de bom grado, de boa-fé, como a um bom patrão. Não atirava, trabalhava.

(No fim das contas, para Ela não era importante quem atirava, e como. Precisava apenas aniquilar seus inimigos.)

Após o quarto quinteto, Srúbov parou de distinguir o rosto e as figuras dos condenados, a escutar seus gritos, seus gemidos. A fumaça do tabaco, dos revólveres, o vapor do sangue e da respiração formavam uma névoa embrutecedora. Faiscavam corpos brancos, crispavam-se nas convulsões agônicas. Os vivos arrastavam-se de joelhos, rezavam. Srúbov ficava calado, olhava e fumava. Puxavam os fuzilados para o lado. Cobriam o sangue com terra. Os vivos que se despiam substituíam os mortos despidos. Quinteto atrás de quinteto.

Na extremidade escura do porão, um tchekista agarrava os laços que desciam pelo alçapão, enfiava neles o pescoço dos fuzilados, gritava para cima:

– Puxe!

Os cadáveres, com braços e pernas balançando, erguiam-se para o teto, desapareciam. E levavam mais e mais vivos para o porão, que de medo defecavam em suas roupas íntimas, de medo suavam, de medo choravam. E batiam, batiam os pés de aço dos caminhões. Suspiros surdos do subterrâneo para o pátio...

Puxavam. Puxavam.

O comandante se aproximou.

— É uma máquina, camarada Srúbov. Uma fábrica mecânica.

Srúbov meneou a cabeça e lembrou-se do salão do pátio, com feixes de luz. O salão girava, jogando gente de porão em porão. E em todo o prédio havia luzes, as máquinas batiam. Centenas de pessoas ocupadas, 24 horas. E daí rrr-ah-rrr-ah. Com um tinido retumbante, com um crepitar, brocas automáticas verrumavam os crânios. Esguichava serragem vermelha chamuscada. Voava a graxa lubrificante dos coágulos ensanguentados do cérebro. (Pois não se broca ou perfura apenas a terra quando se quer cavar um poço artesiano ou encontrar petróleo. Às vezes, para atravessar rochas inteiras e espessas, veios de minério e brocar ou perfurar a terra pura, é indispensável atravessar, com brocas de aço, as camadas de osso dos crânios, o lodaçal aquoso dos cérebros, desviar dos gêiseres de sangue para canos de esgoto e fossas.) O porão chamejava vapor de sangue, depois suor humano cáustico, fezes. E névoa, névoa, fumaça. As lâmpadas do teto, com esforço, arregalavam os olhos ardentes e cegos. As paredes supuravam uma perspiração fria. Em febre, o chão de terra se debatia. Sob os pés, uma galantina rubro-amarela, pegajosa, fétida. O ar pesava como chumbo. Difícil respirar. Uma fábrica.

— Rrr-ah-rrr-rrr-ah!

Arrastavam.
– A-ah-ih-ih. Acuso!
– Tenho uma declaração valiosa. Parem o fuzilamento.
Trac-ah-rr.
Arrastavam.
– Pois bem, dispa-se. Dispa-se. Em posição. Vire-se.
– A-a-a-a. Oh-oh-oh.
Rá-á-árráh.
Arrastavam.
– Viva o soberano imperador. Atire, canalha vermelho. Senhor, tende piedade. Abaixo os comunistas. Tende misericórdia. Também fuzilei vocês, focinhos vermelhos.
Rrr-rrr.
Arrastavam.
– Morro inocente. Uh-uh-uh.
– Deixe.
Rrr.
Arrastavam.
– Implo-o-ro.
Rrr-u-u-ui.
Arrastavam.
Vanka Mudýnia, Semión Khudonógov, Naum Nepomniáschikh, mortalmente pálidos, desabotoaram, cansados, as peliças curtas de mangas vermelhas de sangue. Aleksei Boje tinha o branco dos olhos

inflamado pela excitação sanguinária, o rosto salpicado de sangue, os dentes amarelos no rito vermelho dos lábios, na fuligem preta dos bigodes. Iefim Solómin, ativo, sério e impassível, coçava debaixo do nariz arrebitado, tirava dos bigodes e da barba coágulos de sangue, ajeitava a pala suja e meio solta da boina verde de estrela vermelha. (Mas será que aquilo interessava a Ela? Ela apenas precisava forçar uns a matar, mandar que outros morressem. Só. Os tchekistas, Srúbov e os condenados eram peões igualmente insignificantes, pequenos parafusos naquela corrida cega do mecanismo da fábrica. Nessa fábrica, o carvão e o vapor eram sua força furiosa, aqui a patroa era Ela, cruel e maravilhosa.) E Srúbov, agasalhado pela pele negra de sua peliça curta, pela pele ruiva do gorro, pela fumaça cinza do cachimbo que não apagava, sentia Sua respiração. E a sensação de proximidade dessa nova energia tensa retesava os músculos, esticava as veias, fazia o sangue correr mais rápido. Por Ela, e por Seu interesse, Srúbov estava pronto para tudo. Por Ela, até assassinato era uma alegria. E, se fosse necessário, sem hesitar se poria a alojar balas na nuca dos condenados. Se apenas um tchekista tentasse se acovardar, abandonar – ele imediatamente o botaria no lugar. Srúbov estava cheio de determinação alegre.

    Para Ela e por Ela.

Mas aconteciam contratempos. Um belo jovem da guarda não queria se despir. Torcia os lábios finos e aristocráticos, ironizava:

– Estou acostumado a ser despido por um lacaio. Sozinho, não faço.

Naum Nepomniáschikh tocou-o raivosamente no peito com a boca do revólver Nagant.

– Dispa-se, seu verme.

– Arranje um lacaio.

Nepomniáschikh e Khudonógov pegaram o teimoso pelos pés e o derrubaram. Ao lado, o general Treúkhov estava quase sem sentidos. Estertorava, ofegava, rezava. Sua garganta chiava, como água a se esvair em areia escaldante. Também tiveram que despi-lo. Solómin cuspia e se virava ao retirar as calças com bandas vermelhas.

– Pff! Não dá pra respirar. Borrou a roupa de baixo.

O membro da guarda, despido, postou-se, colocou as mãos no peito e não deu um passo. Declarou com orgulho:

– Não vou me virar diante de uma escumalha qualquer. Atirem no peito de um oficial russo.

E escarrou nos olhos de Khudonógov. Khudonógov, em sua ira, enfiou o cano longo da máuser nos lábios do oficial e, quebrando a placa branca dos dentes cerrados, atirou. O oficial caiu de costas, indefeso, segurando a cabeça e balançando os braços.

Nas convulsões do corpo, os músculos marmóreos de atleta faiscaram. Por um minuto, Srúbov ficou com pena do belo guarda. Certa vez, também tivera pena de um garanhão puro-sangue, que se debatia na rua, de pata quebrada. Khudonógov enxugou o cuspe do rosto com a manga. Srúbov disse-lhe, severo:

— Não se enerve.

E, imperioso e irritado:

— Os próximos cinco. Rápido. Basta de choradeira.

Entre os cinco, havia duas mulheres e o alferes Skatchkov. Afinal, não tinha cortado a garganta. E, já nu, continuava a segurar o pequeno estilhaço de vidro.

Uma dama de busto saliente, traseiro caído e penteado alto tremia, sem querer ir até a "mureta". Solómin tomou-a pelo braço.

— Não tema, queridinha. Não tema, bonitinha. Não vamos fazer nada. Veja, aqui tem outra mulher.

A mulher pelada cedeu ao homem vestido. Com tremor nas pernas bem cuidadas, finas no tornozelo, adentrou pelo muco quente do solo viscoso. Solómin conduziu-a com cuidado, com cara de preocupação.

A outra era loira e alta. Cobria-se até os joelhos com os cabelos soltos. Seus olhos eram azuis. As sobrancelhas eram espessas, escuras. Com voz completamente infantil, gaguejando um pouco:

— Se vocês sou-soubessem, camaradas... como eu quero viver, viver...

E despejou um azul profundo em todos. Os tchekistas não ergueram os revólveres. No olhar de cada uma havia carvão. E, do coração às pernas, uma languidez dolorida, doce. O comandante estava calado. Os cinco postaram-se imóveis, com os revólveres cobertos de fuligem. E todos olhavam entre si, sem parar. Fez-se silêncio. A perspiração gotejava do teto. Partia-se no chão, com uma batida suave.

O cheiro de sangue, de carne fresca, despertava o animal, o mundano em Srúbov. Agarrar, apertar aquela de olhos azuis. Cravar-lhe as unhas, os dentes. Afogar-se naquela embriaguez vermelha e salgada... Mas Aquela que Srúbov amava, com a qual se comprometera, estava lá mesmo. (Embora, naturalmente, qualquer contraposição ou comparação entre Ela e a de olhos azuis fosse impensável, absurda.) E, por isso – dois passos adiante, decidido. Browning preta fora do bolso. E direto, no meio do arco escuro das sobrancelhas, na testa branca, uma bala niquelada. A mulher tombou de corpo inteiro, espichou-se no chão. Na testa, nos cabelos ruivos, corais de sangue rodavam como serpentes. Srúbov não baixou os braços. Skatchkov – na têmpora. A mulher de busto saliente ao lado perdeu os sentidos. Solómin inclinou-se sobre ela e, com uma bala grossa, arrancou a tampa do crânio de penteado suntuoso.

Browning no bolso. Recuou. Na extremidade escura

do porão, os cadáveres, um em cima do outro, elevavam-se ao teto. O sangue deles vinha em regatos à extremidade clara. Cansado, Srúbov viu todo um rio vermelho. Na névoa estonteante, tudo avermelhou. Tudo, menos os cadáveres. Eram brancos. No teto, lâmpadas vermelhas. Os tchekistas eram todos vermelhos. E, em suas mãos, não havia revólveres – havia machados. Não tombavam cadáveres – eram bétulas de troncos brancos. Os corpos elásticos das bétulas. A vida resistia neles, obstinada. Cortavam-nos – eles se vergavam, estalavam, ficavam muito tempo sem cair e, quando caíam, crepitavam com um gemido. No solo, tremiam os galhos agonizantes. Os tchekistas lançavam os troncos brancos ao rio vermelho. No rio, amarravam-nos em jangadas. E cortavam, cortavam. Os golpes soltavam fagulhas acesas.

Com dentes ensanguentados de espuma, o rio vermelho roía a margem de tijolos. As jangadas de troncos brancos navegavam em fileira. Cada uma, de cinco troncos. Em cada, cinco tchekistas. Srúbov saltava de jangada em jangada, dava ordens, comandava.

E depois, quando a noite, atormentada pela insônia vermelha, com olhos inchados e vermelhos, estremeceu com o tremor da madrugada, as ondas sangrentas do rio inflamaram-se com uma luz ofuscante. O sangue vermelho incendiou-se em uma lava chamejante e reluzente. E não era o chão que tremia de febre – era a terra que oscilava. Em erupção, um vulcão retumbava.

Trr-ah-rr-uh-rrr.

As paredes do porão foram derrubadas, demolidas. Inundaram-se o pátio, as ruas, a cidade. A lava escaldante a fluir e fluir. Srúbov foi lançado a uma altura inalcançável pelas ondas de fogo. O espaço iluminado e resplandecente cegava os olhos. Mas no coração não havia medo nem hesitação. Firme, de cabeça erguida, Srúbov postava-se no estrondo do terremoto, fitando avidamente para longe. Na cabeça, só um pensamento – Ela.

II

A lua padecia de uma febre pálida. Com a febre e o frio, a lua tiritava com um tremor miúdo. E a fumaça trêmula, transparente e faiscante ao seu redor era sua respiração. Sobre a terra, ela se condensava em nuvens de algodão sujo, no chão fumegava como leite fresco.

No pátio, montes de neve frios e azuis curvavam-se em fileiras na névoa láctea. Na neve azul-clara, com farrapos grudados nos peitoris das janelas e pendendo dos telhados, as paredes brancas congeladas, de três andares e muitos olhos, azulejavam.

E, na febre pálida da pressa, duas pessoas vestidas de peliças curtas de diferentes tons de amarelo (aliás, à noite, pretos), em pé, em cima do caminhão, desciam para a goela negra do porão os nós das cordas, esperando, de costas dobradas, com os braços esticados para a frente.

O porão estertorava ou tossia:
– Pu-u-xe-e.

E, expirados ou cuspidos pelas goelas fumegantes de escarro ou baba viscosa e sangrenta azul-amarelada, os cadáveres quentes eram puxados pelas cordas. Os homens caminhavam sobre eles como sobre escarro, sobre baba, pisoteavam-nos, estendendo-os no caminhão. Depois, quando as costas dos cadáveres, esfriando e azulando como corcovas de neve, começavam a se arquear mais alto do que as bordas, cobriram o caminhão com uma lona alcatroada, cinza como a névoa. E os pés de aço do caminhão batiam e atolavam fundo na neve azul, quebravam a espinha das corcovas de neve e, no estalar dos ossos da neve, no retinido do ferro, no ofegar resfolegante do motor, no suor sangrento e vermelho de petróleo e de sangue, o caminhão saía pelo portão. Cinza na névoa cinzenta, ia para o cemitério, fazendo tremer ruas, casas, levantando das camas os habitantes, que sabiam de tudo. Os narizes sonolentos estreitavam-se contra os vidros congelados. E na tremedeira dos joelhos, no tremor das camas, no tinido das louças e janelas, os olhos sonolentos e pustulentos escancaravam-se de medo, as bocas sonolentas e fétidas cochichavam sem forças, com raiva, assustadas:

– A Tcheká... Da Tcheká... A Tcheká está levando sua mercadoria...

E, no pátio, Srúbov, Solómin, Mudýnia, Boje, Nepomniáschikh, Khudonógov, o comandante, e dois da escolta com pás (já não havia ninguém para escoltar) também quebravam com os pés (só que não de aço, mas vivos, humanos, e muito cansados com isso), crepitando, as corcovas azuis de neve. Solómin andava ao lado de Srúbov. Os demais, atrás. Solómin tinha sangue na manga esquerda do capote, do lado direito do peito, na face direita – ao luar, era como fuligem. Falava com voz baixa, mas bem-disposta, como fala alguém que realizou um trabalho grande, difícil, porém importante e proveitoso.

– Se botassem aquele altão, bonitão, que levou aquele tiro na boca, junto com a de olhos azuis, *terriam* dado bons frutos.

Srúbov olhou para ele. Solómin falava com calma, mexia os braços ativamente. Srúbov pensou: "De quem ele está falando?". Mas entendeu que era de pessoas. Com os olhos cansados, notou apenas que o tchekista tinha, na mão esquerda, um molho de cruzinhas, imagens, talismãs. Perguntou, maquinalmente:

– Para que isso, Iefim?

Ele riu de um jeito luminoso.

– Pras crianças brincarem, camarada Srúbov. Não tem onde comprar brinquedo. Não dá pra achar em lugar nenhum.

Srúbov lembrou que também tinha um filho, Iúri, Iúrassik, Iúkhassik. Atrás, xingavam e riam. Lembravam-se dos fuzilados.

– Aquele pope se mijou... E aquele general...

Srúbov bocejou, cansado. Virou-se, pálido.

– Os divertidos, como o de pincenê, sempre são mais fáceis de abater. Já os que uivam...

Quem falava era Naum Nepomniáschikh. Boje ora concordava, ora não.

Falavam com ousadia, de cabeça intrepidamente erguida.

O cérebro cansado concentrava-se com esforço. Srúbov entendia que tudo aquilo era afetado, ostentatório. Todos estavam mortalmente cansados. Levantavam as cabeças porque elas, pesadas como chumbo, não se mantinham firmes. E xingavam apenas para se animar. Emergiu em sua memória uma palavra estrangeira – *doping*.

Srúbov caminhou muito tempo até chegar ao gabinete. Lá, trancou-se. Girou a chave, fitando atentamente a maçaneta – estava limpa, não a sujara. Examinou as mãos à luz da lâmpada, atrás de sangue; não havia nada. Sentou-se na poltrona e imediatamente deu um pulo, inclinando-se na direção do assento – limpo também. Não havia sangue nem na peliça nem no gorro. Abriu o cofre-forte. Detrás dos papéis, tirou uma garrafa de álcool. Encheu exatamente meio copo de chá. Diluiu na água fervida da garrafa. Agitou o líquido turvo na frente da luz. Olhou tenso através do vidro – não tinha nada vermelho. O líquido, aos poucos, ficou transparente. Levou o copo à boca, e novamente veio à memória – *doping*.

Só ao terminar de beber e passear pelo gabinete notou que, da porta até a mesa, da mesa até o armário, e de volta à porta, suas pegadas formavam uma linha pontilhada vermelha, que se fechava num triângulo agudo.

E, imediatamente, da escrivaninha, os bibelôs de bronze começaram a encará-lo, insolentes. O sofá de aço levantou, com asco, as pernas finas e curvas. Marx, na parede, botou o peito branco para fora da camisa. Ele viu e se irritou.

– Camisa branca, camarada Marx, o diabo que o carregue.

Com raiva e dor, pegou a garrafa de álcool, o copo, e andou pesadamente até o sofá. "Está constrangido, seu aristocrata. Pois tome." Não tirou as botas de propósito. Esticou-se, com os saltos no braço do sofá. No revestimento azul-cinzento, lama, sangue e a umidade da neve. Deixou a garrafa de álcool e o copo ao lado, no chão. E tinha vontade de entrar de cabeça no rio, no mar, e lavar tudo, tudo. Já deitado, levou à boca meio copo de álcool ardente, puro. E, no cérebro, embriagado pela bebida, pelo estupor do porão, pelo cansaço, pelas noites de insônia, havia pensamentos quase bêbados, quase desconexos:

– Por que, precisamente, Marx está de camisa branca?

Pois alguns deles – os mais moderados e liberais – queriam fazê-La abortar, outros – mais reacionários e mais decididos – queriam uma cesariana. E os mais ativos, os mais sombrios, tentaram matá-La com seu filho. E por acaso não é o que tinham feito na França, onde Ela, uma mulher grandiosa, saudável, fecunda, fora esterilizada, vestida de veludo, de diamantes, de ouro, convertida em uma concubina insignificante, sem vontade?

Depois, o que seria a contrarrevolução de Koltchak? Um quarto pequeno, com pouco ar e muita fumaça de tabaco, cheiro de vodca, empesteado de suor humano, cuja escrivaninha estivesse tomada por papéis – em branco ou escritos –, garrafas – vazias e cheias de álcool –, de vodca, de chicotes – de couro, de borracha, de arame, de chumbo com borracha e arame –, de revólveres, de *bebuts*[8], de sabres, de granadas. Os chicotes, os revólveres, as granadas, as espingardas, os *bebuts* estavam nas paredes, no chão e nas pessoas sentadas à escrivaninha, e dormindo embaixo e perto dela. Na hora do interrogatório, o

---

8 Punhal curvo do Cáucaso.

quarto inteiro, bêbado ou de ressaca, lançava-se sobre o interrogado com o couro, a borracha, o arame farpado, o chumbo, o ferro, as garrafas vazias, rasgava-lhe o corpo em pedaços, açoitava-o até sangrar, berrava com dezenas de goelas, apontava dezenas de dedos, ameaçadores, para a mira das espingardas.

A contraespionagem de Koltchak ficava em outro quarto. Nele havia uma escrivaninha com feltro verde e papéis. À escrivaninha, um capitão ou coronel de bigode perfumado, sempre fresco, sempre delicado, apagando *papirossas* na cara do interrogado e assinando sentenças de morte.

Pois bem, eis aí a camisa branca de Marx, o sofá asqueroso, a limpeza afetada dos bibelôs da mesa.

Pois bem, bem, bem, bem, bem... Sim... Sim... Sim... Mas... Mas e mas...

É doce meter uma bala na testa de uma fera. Mas esmagar um verme? Quando eles são centenas, milhares, estalando debaixo dos pés, e o pus sangrento borrifa nas botas, nas mãos, no rosto.

E Ela não é uma ideia. Ela é um organismo vivo. Ela é uma grande mulher grávida. Ela é a mulher que acalenta seu bebê que está para nascer.

Sim... Sim... Sim...

Mas, para quem foi educado nas togas romanas e batinas ortodoxas, Ela, claro, é uma deusa incorpórea, infrutífera, de traços faciais antigos ou bíblicos mortos, de clâmide antiga ou bíblica. Às vezes, mesmo nas bandeiras e cartazes revolucionários, Ela é representada assim.

Mas, para mim, Ela é uma mulher grávida, uma russa de traseiro largo, de camisa rasgada, remendada, suja, piolhenta. E eu A amo como Ela é, autêntica, viva, não imaginária. Amo-A porque em Suas veias, imensas como rios, chameja uma lava de sangue, porque em Suas tripas há um rosnar saudável como o estrondo do trovão, porque Seu estômago cozinha como um alto-forno, porque as batidas de Seu coração são como golpes de um vulcão subterrâneo, porque Ela pensa aquele pensamento grandioso de mãe sobre o bebê concebido, mas ainda não nascido. E eis que sacode Sua camisa, varre dela e de Seu corpo os piolhos, vermes e outros parasitas – muitos deles ficaram grudados – para os subterrâneos, para os porões. Então nós devemos, e eu devo, devo, devo esmagá-los, esmagá-los, esmagá-los. E eis de novo seu pus, pus, pus. E eis de novo a camisa branca de Marx. E, vindo da rua, o focinho gelado do frio gruda na janela, quebrando o caixilho. E, do lado de fora, o termômetro, para o qual antes olhava o mercador Innokenti Pchenítsyn, cai para 40 graus abaixo de zero.

No gabinete de Innokenti Pchenítsyn, agora de Srúbov, a alvorada é turva. Mas a casa de Innokenti

Pchenítsyn, agora da Gubtcheká, não sabe, não repara nas auroras, nos crepúsculos, nas noites, nos dias – bate nas máquinas, folheia papéis, arrasta dezenas de pés, bate portas, não se deita, não dorme por dias inteiros.

E nos porões de números 3, 2, 1, onde Innokenti Pchenítsyn guardava peças de queijo, pães de açúcar, linguiças, vinho, conservas, agora há outra coisa. No número 3, na penumbra das prateleiras, substituídas por tarimbas, as peças de queijo são as cabeças dos presos, as linguiças, linguiças de braços e pernas. Como entre peças de queijo, como entre linguiças, ratazanas gordas ruivas de longos rabos nus correm cuidadosas e furtivas. Os presos tinham caído em uma sonolência leve e trépida. Com o tremor suave dos bigodes, das narinas, com o brilho perscrutador dos olhos, as ratazanas sondam o ar, determinam de forma infalível quem está dormindo mais profundamente, roem-lhes os calçados. Da investigada Nevedómskaia, carcomeram a pele das galochas altas e quentes.

Também há ratazanas no porão número 1, de onde os cadáveres já foram retirados, e roem, com guinchos, pios e luta, e lambem o sangue humano do chão de terra. Suas línguas são afiadas, pequenas, vermelhas, ávidas, como línguas de fogo. E seus dentes são afiados, pequenos, brancos, mais fortes que pedra, mais fortes que concreto.

Só não há ratazanas no porão número 2. No número 2 não fuzilam nem mantêm os presos por muito tempo; lá apenas os deixam plantados por algumas horas, antes do fuzilamento.

E, na névoa úmida do frio, nas brumas da alvorada em torno do prédio branco de três andares, há uma tabuleta com manchas vermelhas – em preto sobre vermelho, está escrito: "Comissão Extraordinária da Província". Abaixo, entre parênteses, mais inteligível, o acrônimo: "Gubtcheká". E antes estava escrito, em ouro sobre preto: "Vinho. Secos. Molhados. Innokenti Pchenítsyn".

Sobre o prédio, a bandeira vermelha de veludo, pesada, empapada de sangue, borrifa ao vento respingos de sangue das franjas e borlas esgarçadas.

E, sacudindo ruas, casas e o cemitério, o último caminhão cinza leva os tchekistas com pás de ferro, com o suor sangrento e negro de sangue e petróleo. Quando, ingressando pela entrada branca, ele bate pesadamente os pés de aço, o prédio branco de pedra de três andares treme.

III

À noite, o prédio branco de pedra de três andares, com a bela bandeira no telhado, tabuleta vermelha na parede, estrelas vermelhas no gorro dos vigias, fitava a cidade com os olhos famintos, brilhantes e quadrangulares das janelas, arreganhava os dentes congelados dos portões gradeados de ferro fundido, agarrava, mastigava braçadas de presos, engolia-os com as goelas de pedra dos porões, digeria-os na barriga de pedra e, como escarro, baba, suor e excrementos, cuspia-os, escarrava-os, expelia-os na rua. E, à alvorada, cansado, bocejando com rangido de dentes e maxilar de ferro fundido, punha para fora do portão as línguas vermelhas de sangue.

De manhã, os olhos quadrangulares das janelas embaçavam e enegreciam, ardia mais intenso o sangue da bandeira, das tabuletas, das estrelas dos gorros dos vigias, eram mais ardentes as línguas de fogo do portão, lambendo a calçada, a rua, os pés dos transeuntes trêmulos. De manhã, o prédio branco, impertinente, insistente, apalpava a cidade com tentáculos metálicos de fios, os prédios com tabuletas multicoloridas das instituições soviéticas.

– Falando da Gubtcheká, informe sem tardar... Da Gubtcheká. No decorrer de 24 horas apresente... A Gubtcheká pede com urgência, sob responsabilidade pessoal... Hoje mesmo, até o fim do expediente, dê explicações à Gubtcheká... A Gubtcheká exige...

E era assim com todos. E todos os prédios com tabuletas multicoloridas das instituições soviéticas, grandes e pequenos, de pedra e de madeira, eriçavam as orelhas negras dos ganchos dos telefones, ouvindo com atenção e pressa. E faziam como a Tcheká exigia – sem tardar, agora mesmo, em 24 horas, até o fim do expediente.

E, na Gubtcheká, pessoas armadas de espingardas postavam-se em cada patamar, em cada corredor, em cada porta e no pátio, pessoas de japona de couro, de camisa militar de lã, de túnica militar, armadas de revólveres, sentavam-se às mesas com papéis, corriam pelas salas com pastas; senhoritas desarmadas, bonitas e feias, bem e malvestidas, estridulavam nas máquinas; representantes, agentes, membros do batalhão da Tcheká fumavam, conversavam na fumaça da sala de comando; um criado do refeitório distribuía de bandeja pelas seções chá aguado em copos de barro vermelho, com um doce de farinha de centeio e melaço; visitantes de peliça rasgada (sempre iam à Tcheká de roupa rasgada, quem não tinha uma pedia emprestado aos conhecidos) pegavam timidamente os passes; testemunhas impacientes aguardavam o interrogatório, uns e outros temiam transformarem-se de visitantes e testemunhas em acusados e presos.

De manhã, na mesa do gabinete de Srúbov, havia uma pilha cinza de pacotes. Havia vários envelopes – brancos, amarelos, de papel-jornal, de pastas velhas de arquivo. Os endereços eram grafados com caligrafia hábil de escritório, com espirais, com garatujas e rubricas de iletrados, com floreios nervosos de intelectuais, com aneizinhos caprichosamente elaborados pelas damas, com os caracteres quadrados e regulares das máquinas de escrever. Srúbov rasgava os envelopes com rapidez.

"Não seria mal se a Gubtcheká prestasse atenção... Duas esposas, abertamente. Mina a autoridade do partido... Um bem-intencionado."

"Eu, como comunista ideológico, não posso... um fenômeno revoltante: uns visitantes chamam as criadas de senhorita, querida, quando agora, sob o poder soviético, não deve ser de outra forma que não camarada, e os senhores, como... É obrigatório informar a quem de direito..."

Srúbov encheu o cachimbo. Acomodou-se na poltrona de forma mais confortável. Um pacote com a inscrição "absolutamente secreto", "em mãos". Papel-jornal. Rasgou.

"Achei vodca na terceira companhia, o comandante é um Branco nojento..."

Além disso, uma folha branca de papel de carta continha considerações sobre o que Koltchak fizera na Sibéria, e o que fazia o poder soviético. Bem no fim, a conclusão: "... e, por isso, ele (o comandante da companhia) deve ser aniquilado sem falta, ele atrapalha a causa da união de operários e camponeses, proíbe os membros do Exército Vermelho de apertar as mãos como camaradas. Instrutor político Pattýkin".[9]

Srúbov franziu o cenho, tragou o cachimbo.

Uma aquarela em papel marfim com um montinho negro de um túmulo e uma estaca fincada. Embaixo, a inscrição: "Morte aos tchekistas bebedores de sangue...".

Apertou os lábios com nojo e jogou o papel no cesto.

"Camarada presidente, quero conhecê-lo, pois os tchekistas são muito atraentes. Andam todos de túnica de couro com colarinho de veludo, sempre com

---

[9] No original, as anotações contêm vários erros ortográficos.

o revólver de lado. São muito corajosos e, no peito, estrelas vermelhas... Vou esperá-lo em..."

Srúbov caiu na gargalhada, derramando o cachimbo no feltro da mesa. Largou a carta, pôs-se a espanar o tabaco quente. Bateram na porta. Sem esperar permissão, Aleksei Boje entrou. Apoiou as mãos grandes e vermelhas na borda da mesa e, sem piscar, cravou os olhos vermelhos em Srúbov. Perguntou, firme e tranquilo:

– Hoje vamos?

Srúbov entendeu, mas, por algum motivo, perguntou de volta:

– O quê?
– Mandar bala.
– Mas por quê?

O rosto chato, quadrangular e de maçãs salientes de Boje contraiu-se, insatisfeito, as sobrancelhas pretas unidas se mexeram, o branco dos olhos ficou totalmente vermelho.

– O senhor sabe.

Srúbov sabia. Sabia que, na primavera, o velho camponês é atraído pela lavoura, que o velho operário sente saudade da fábrica, que o velho funcionário definha rápido na aposentadoria, que alguns velhos tchekistas afligem-se de modo doentio quando ficam muito tempo sem a possibilidade de fuzilar, ou de presenciar fuzilamentos. Sabia que a profissão imprime marcas indeléveis em cada pessoa, produz traços profissionais particulares (próprios apenas da profissão dada) de caráter, até certo grau condiciona as demandas espirituais, inclinações e mesmo necessidades físicas. E Boje era um velho tchekista, e na Tcheká sempre fora apenas executor-fuzilador.

– Não há o que fazer, camarada Srúbov. É a segunda semana sem ação. Vou encher a cara, faça o que quiser.

E Boje, quadrangular, quadrado, de pescoço gordo e testa estreita, ficava pisando no lugar, ora em um pé, ora em outro, impotente, sem tirar os olhos vermelhos e inflamados de Srúbov.

Srúbov pensava Nela. Ela aniquilava os inimigos. Mas eles também feriam-Na. Afinal, aquele Boje era Seu sangue, o sangue de Suas feridas. E o sangue que sai de uma ferida inevitavelmente enegrece, putrefaz, perece. O homem que transforma meio em fim extravia-se do caminho Dela, perece, corrompe-se. Pois é insignificante em si, é grandioso apenas no caminho Dela, com Ela. Sem Ela, fora Dela, é apenas insignificante. E Srúbov não tinha pena de Boje, nem compaixão.

– Encha a cara e mando-o para o porão.

Sem bater na porta, sem permissão para entrar, Vanka Mudýnia adentrou com passo gingado de marinheiro, postando-se à mesa, ao lado de Boje.

– Chamou. Vim.

Mas não fita nos olhos – está ofendido.
– Você bebe, Vanka?
– Bebo.
– Vou prendê-lo no porão.

As faces de Mudýnia inflamaram-se como se tivessem sido esbofeteadas. As mãos repuxavam a jaqueta preta de marinheiro. Na voz, a dor da ofensa.

– Isso é injusto, camarada Srúbov. Estou com o poder soviético desde o primeiro dia. E agora quer meter-me na vala comum, com a Guarda Branca.

– Não beba.

Srúbov está frio, indiferente. Mudýnia põe-se a piscar com frequência, torce os bigodes grossos.

– Mesmo que me encoste na mureta agora, não consigo. Fuzilei mil pessoas – tudo bem, não bebia. Mas, assim que acabei com o meu irmão, comecei a beber. Ele aparece para mim. Eu lhe digo, em posição, meu Andriucha, e ele, Vancha, irmãozinho, de joelhos... É... Aparece todas as noites.

Srúbov não estava bem. Os pensamentos eram bolas, retalhos, nós, farrapos. Uma confusão. Não dava para distinguir nada. Vanka bebe. Boje bebe, ele mesmo bebe. Por que não podem? (Pois bem, o prestígio da Tcheká. É quase explicitamente. Sim. Depois, será que Ela tem razão? E o que Ela sabe? Hein, Ela? O suor das concatenações, o papel dos costumes. Caos. Caos. Agitou as mãos.)

– Vão, vão. Só não pode ser tão abertamente.

E, quando a porta se fechou, afundou-se na carta para não pensar, não pensar, não pensar.

"Sou um homem de centro, mas... ainda mais que é um trabalhador responsável... O querosene é indispensável à República... e trocar meio *pud* de batata por 2 libras de querosene para satisfação pessoal..."

E, uma atrás da outra, deslizavam declarações sobre 2 libras de sal, 1 libra de pão, meia libra de açúcar, 10 libras de farinha, três pregos, um par de solas, uma dúzia de agulhas, que alguém trocara com alguém ou comprara (quando agora, com o poder soviético, só era permitido adquirir com ordem e a assinatura correspondente, carimbo e a devida autorização). E, se tudo aquilo era recebido com ordem, demonstravam-se a ilegalidade da assinatura das ordens e a injustiça de sua distribuição.

Umas três, quatro indicações aproveitáveis – um agente da contraespionagem escondido com outro nome, o desfalque sistemático de peles do armazém do Gubsovnarkhoz[10], um membro de tropa punitiva infiltrado no partido. E novamente os bem-intencionados, observadores, fiscais, neutros, forasteiros, independentes. No farfalhar dos papéis, o sussurro adulador. Adoravam "levar ao conhecimento de

---

10 Acrônimo de Conselho de Economia Popular da Província.

quem de direito". Pegavam Srúbov servilmente pela manga, arrastavam-no para seus quartos, mostravam o conteúdo dos penicos noturnos (talvez o homem estivesse bêbado, e talvez os médicos pudessem investigar e classificar). Sacudiam na frente dele suas roupas íntimas sujas, a dos outros, dos pais, dos parentes, dos conhecidos. Como ratos, penetravam nos porões dos outros, nos subterrâneos, nas despensas, encafuavam-se no monturo, o tempo todo com um riso de bajulação, ou contraindo as fuças de nobres esteios da moral, sempre meneando a cabeça e perguntando:

– E o que o senhor acha disso? E disso? Hein? Tudo bem? Não cheira a contrarrevolução? E que tal olhar aqui? E isso aqui é suspeito. Não? Hein?

No fim das contas, punham-se de lado, tranquilos, declarando, indiferentes, que aquilo não lhes dizia respeito, que seu dever moral era apenas levar ao conhecimento de quem "era devido informar".

Srúbov marcava ao lado, com lápis vermelho, as resoluções. Assinava espaçadamente com duas letras, A. S. Rasgava os pacotes. Lia com pressa, rápido, na diagonal. Em seu nome, chegavam declarações na maioria anônimas, vazias, mesquinhas, de informantes voluntários. As informações sérias, os relatórios dos agentes secretos, iam diretamente para o camarada Jan Pepel, no serviço secreto.

Srúbov não terminou. Estava farto. Levantou-se. Ia, com passos fortes, de um canto a outro do gabinete. O cachimbo apagara, mas ele roía-o, puxava-o. A lama pegajosa irritava o corpo. Srúbov encolheu os ombros. Desabotoou a gola da camisa militar. A camisa de baixo estava absolutamente limpa. Vestira-a apenas na véspera, após o banho. Tudo estava limpo, inclusive ele mesmo. Mas a sensação de sujeira não passava.

Uma escrivaninha cara com um luxuoso tinteiro de mármore. Poltronas ricas e confortáveis. Papel novo nas paredes. Uma limpeza fria, reluzente, arrogante. E Srúbov sentia-se desconfortável em seu gabinete.

Foi até a janela. Na rua, andavam a pé e de carro. Caminhavam agitados funcionários soviéticos de pasta, donas de casa com cestas, pessoas variadas, com e sem sacolas. De carro, havia somente gente de pasta e gente de estrela vermelha nas boinas, nas mangas. Homens-cavalos soviéticos arrastavam-se entre as calçadas e ruas com trenós carregados.

Entre toda essa rua movimentada esticavam-se, de seu gabinete, centenas de nervos-fios sensíveis. Tinha centenas de informantes voluntários, um quadro de agentes secretos permanentes, e junto de cada um deles ele observava, escutava, usava de astúcia. Estava constantemente a par das ideias, intenções, condutas dos outros. Descia aos interesses dos especuladores, bandidos, contrarrevolucionários. E lá, onde as pessoas emporcalhavam, levavam sujeira, ele era obrigado a estender as mãos e limpar. Em seu cérebro, arrastou-se por uma escada caracol e enfileirou, letra por letra, uma palavra estrangeira (nos últimos tempos, elas vinham lhe ocorrendo), s-a--n-i-t-i-z-a-d-o-r. Srúbov chegou a rir. Sanitizador da revolução. Claro, quase não lidava com gente, só com detritos. Pois produziram uma revisão dos valores. O que antes era valioso, agora se tornara sem valor, desnecessário. Onde havia gente viva trabalhando honradamente ele não tinha o que fazer. Sua obrigação era pescar no rio sangrento e turvo da revolução o rebotalho, o limo, os detritos, prevenir a contaminação, o envenenamento de seus mananciais puros e subterrâneos. E essa palavra comprida ficou assim em sua cabeça.

Mudýnia, Boje – ambos combatentes temperados, camaradas fiéis, verdadeiros. Ambos ganharam a ordem da Bandeira Vermelha. Ivan Nikítitch Smirnov conhecia-os antes, do front oriental, e disse precisamente a respeito deles: "Com esses, vamos até a morte...". Mas e a vodca? E eu mesmo? E qual a importância de todos nós – eu, Mudýnia, Boje, todos, ora, todos... Sim, que importância nós todos temos para Ela?

"E essa carta do pai. Recebi há dois dias, e não me sai da cabeça. As ideias de meu pai, naturalmente, não são as minhas... Imagine que você está erigindo o edifício do destino da humanidade com o objetivo de fazer as pessoas felizes, dar-lhes paz e sossego, mas para isso é indispensável atormentar, acima de tudo, apenas uma criaturinha minúscula, basear esse edifício em suas lágrimas. Você concordaria em ser o arquiteto? Eu, seu pai, respondo que não, mas você... Pense nos milhões de torturados, fuzilados, aniquilados para erigir o edifício da felicidade humana... Você está errado... A humanidade futura recusará a 'felicidade' criada sobre o sangue das pessoas..."

O impaciente Jan Pepel tossiu impacientemente, Srúbov sobressaltou-se. Aproximou-se da mesa, sentou-se na poltrona, convidou maquinalmente Pepel a se sentar. Ouviu e não ouviu o que Pepel dizia. Fitava-o com olhos vazios e ausentes.

Quando Pepel disse o necessário e se ergueu, Srúbov perguntou:

– Camarada Pepel, o senhor nunca refletiu sobre a questão do terror? Alguma vez teve pena dos fuzilados, ou melhor, dos que serão fuzilados?

Pepel, de jaqueta preta de couro, calças pretas de couro, cinturão preto largo, botas pretas altas engraxadas, barbeado, penteado, encarou Srúbov com os olhos azuis obstinados e frios. E empinou o nariz fino, aquilino e regular, e o nítido queixo quadrangular. O punho da mão esquerda fora do bolso, como um calhau. A palma larga da mão direita no coldre do revólver.

– Sou operário, o senhor é intelectual. Eu tenho ódio, o senhor tem filosofia.

Não disse mais nada. Não gostava de conversas abstratas. Crescera na fábrica. Por dez anos, sobre a cabeça, sob os pés, as correias chiaram como serpentes, os dentes das cortadoras rangeram, a cabeça virou em redemoinho com o giro das rodas. Não dava tempo de conversar. Mal dava para se virar. Tornou-se avaro em palavras. Mas obteve plena rapidez de olhar. Transferiu para a alma a obstinação férrea da máquina. Da fábrica, partiu para a guerra e, da guerra, para a revolução, para servir a Ela. Mas permaneceu operário. E, no serviço no gabinete, ouvia o chiado das correias de transmissão a deslizar, o estalo das engrenagens da vida. No gabinete era como na oficina, à mesa era como nas máquinas industriais. Escrevia errado, mas rápido. O papel voava com raspas de sua mesa para a da datilógrafa. A campainha do telefone tocava, ele pegava o gancho. Um ouvido escutava, outro controlava a batida da máquina. Interrupção, pausa – gritava:

– Ora, vamos, vamos, máquina. Logo!

E no telefone gritava:

– Bom. Estou escutando.

No caminho, ordens aos agentes, no caminho, duas ou três palavras aos visitantes. Rápido, rápido. Não dava tempo de sentar, de pensar muito à máquina. A fábrica ia a pleno vapor.

E agora, depois de Srúbov, agarrou um visitante com os olhos, como tenazes, assentou-o na poltrona – apertando-o no torno. E foi em frente, transpirando perguntas como martelos.

– O quê? Lealdade política? Bom. E simpatiza com o poder soviético? Completamente? Bom. Mas sejamos lógicos até o fim...

E Pepel anotou no papel o que não queria dizer na frente da datilógrafa.

"Quem simpatiza com o poder soviético deve ajudá-lo a golpear. Quer ser nosso informante secreto?"

O visitante ficou aturdido, murmurou uma meia recusa, meia aceitação. Mas Pepel já o inscrevera na lista. Impingiu-lhe uma folha escrita à máquina – as instruções dos informantes secretos.

– De acordo? Bom. Leia. Atestamos lealdade política.

Naturalmente, nem pensava em confiar nele, como não confiava em dezenas de outros colaboradores. Era obrigado a verificar, a controlar o trabalho de cada um deles. Em pouco mais de dois anos de trabalho na Tcheká, criara o hábito de não acreditar em ninguém.

E no gabinete de Srúbov, com passinhos furtivos, grudentos, inclinando-se, fazendo reverência, sorrindo, entrou rastejando o coronel Krutáiev. Obeso, de bigodes grisalhos, careca, de capote surrado de oficial, sentou-se diante de um lado da mesa. Srúbov, do outro.

– Escrevi-lhe ainda da prisão, camarada Srúbov, a respeito das minhas antigas simpatias pelo poder soviético.

À vontade, o coronel cruzou as pernas.

– Afirmei e afirmo que em mim o senhor terá um colaborador valorosíssimo e um comunista ideológico devotadíssimo.

Srúbov tinha vontade de cuspir na cara de Krutáiev, dar-lhe uma bofetada, esmagá-lo. Conteve-se, roeu os bigodes, puxou a barba com a boca. Calava-se, ouvia.

Krutáiev esticou os lábios flácidos em um sorriso adocicado, tirando do bolso uma cigarreira prateada.

– Permite? Aceita um?

O coronel soergueu-se, inclinando-se por cima da mesa com a cigarreira aberta. Srúbov recusou.

– Hoje demonstrarei isso, camarada ideológico Srúbov, perspicaz presidente da Gubtcheká.

Srúbov continuava calado. Krutáiev enfiou a mão no bolso lateral do capote.

– Contemple este jovem.

Entregou um cartão de visitas com uma fotografia. Um rosto inchado, interessante, com dragonas de capitão. Ordem de São Vladímir, com espada e fita.
– E então?
– É irmão da minha esposa.
Srúbov deu de ombros.
– E daí?
– O sobrenome dele, querido camarada Srúbov.
– Quem é?
– Klimenko. Capitão Klimenko – chefe da contraespionagem do Exército.
Srúbov não o deixou concluir.
– Klimenko?
Krutáiev ficou satisfeito. Os olhos senis e apagados melaram-se com um sorriso astuto.
– Veja, pode-se dizer que não poupo um irmão de sangue.
Srúbov anotou o endereço de Klimenko em detalhes. O sobrenome sob o qual se escondia.
À saída, Krutáiev soltou, negligente:
– Sim, estimado camarada Srúbov, dê-me 200 rublos.
– Por quê?
– Como indenização das despesas de obtenção do cartão.
– Mas o senhor o pegou em casa.
– Não, de conhecidos.

– Comprou de conhecidos?

Krutáiev pôs-se a tossir. Tossiu por muito tempo. Em sua testa, veias azuis incharam. A testa gorda ficou rubra. Os olhos lacrimejaram, ficando vermelhos. Srúbov estava com a mão no peso de papel de mármore. Na cabeça: erguê-lo, atirá-lo nas têmporas do coronel. Este, por fim, pigarreou.

– Perdão, camarada Srúbov, comprei de um criado. Exatamente por 200 rublos.

Srúbov largou duas notas de 100 rublos na mesa. Krutáiev apanhou-as e estendeu a mão. Srúbov apontou com os olhos para a parede: "ABOLIDOS OS APERTOS DE MÃO".

Krutáiev voltou a esticar os lábios, melosamente. Fez profundos rapapés. Com as galochas gastas grudando no chão, arrastou-se até a porta. E Srúbov continuava com vontade de jogar o peso de papel em suas costas arqueadas.

Pela porta aberta, vinha do corredor barulho de conversas e de passos – os tchekistas estavam indo almoçar no refeitório.

À noite, houve uma sessão da célula comunista. Mudýnia e Boje, meio bêbados, estavam sentados, com um riso apalermado. Solómin, que acabara de voltar de uma busca, esfregava o nariz concentrado e escutava com atenção. Jan Pepel estava sentado com a habitual máscara cinzenta de indiferença no rosto.

Usando ardis, enganando e temendo ser enganado diariamente, aprendera a apagar do rosto o menor reflexo de suas emoções e ideias. Srúbov fumava o cachimbo, entediava-se. O conferencista, trabalhador político do batalhão da Tcheká, um rapaz sem bigodes, falava do programa do RKP[11] sobre a questão habitacional.

Ao lado, na sala de leitura, os membros sem partido do batalhão da Tcheká jogavam damas, folheavam jornais, fumavam. E a tradutora da Gubtcheká, Vanda Klembróvskaia, tocava piano. Os soldados vermelhos escutavam, balançavam a cabeça.

– Não dá para entender o que ela está arranhando.

Os sons eram gotas de chuva na parede, no teto, uma gota surda na escada. Srúbov teve a impressão de que estava chovendo. A chuva perfurava o telhado, o teto, batia no chão em milhares de ondas. Lembrou-se de Levitan, Tchékhov, Dostoiévski. E espantou-se: por quê? E, já saindo da reunião, entendeu: Klembróvskaia estava tocando Scriábin.

---

11 Sigla de Partido Comunista da Rússia.

IV

As mãos escondiam o tremor nas pregas finas do vestido. Os cílios meio caídos ocultavam o brilho inquieto dos olhos. Mas Valentina não conseguia esconder a respiração pesada e o rosto no pó frio do pavor.

No chão, malas abertas. Na cama, pilhas quadrangulares de roupa íntima passada a ferro. As gavetas vazias da cômoda estavam escancaradas. Suas fechaduras arreganhavam os dentes lisos.

– Andrei, essas noites em que você chega em casa pálido, com cheiro de álcool e sangue na roupa... Não, isso é horrível. Não posso mais – Valentina não se dava conta da agitação. A voz se quebrou.

Srúbov apontou para a criança adormecida:

– Mais baixo.

Sentou-se no peitoril da janela, de costas para a luz. Pelo dourado escarlate das vidraças, alastrava-se a sombra negra da cabeça desgrenhada e dos ombros angulosos.

— Andriucha... Antes você era tão próximo e compreensivo... Mas agora está eternamente fechado em si, eternamente de máscara... Alheio... Andriucha – fez um movimento na direção do marido. Desajeitadamente, deitou-se de lado na cama. Uma pilha branca de roupa íntima desabou no chão. Agarrou o espaldar de ferro. Deitou a cabeça nas mãos. – Não, não posso. Desde que você passou a trabalhar nessa instituição horrível, tenho medo de você...

Andrei não retrucou.

— Você tem um poder imenso, francamente ilimitado, e você... Tenho vergonha de ser esposa...

Não terminou de falar. Andrei puxou rapidamente a cigarreira de prata. Com a piteira da *papirossa*, bateu na tampa com força, irritado. Acendeu o cigarro.

— Pois bem, conclua.

No relógio de parede, depois de cada batida do pêndulo, rangia uma mola, como se alguém caminhasse pela calçada de madeira, batendo com nitidez o salto de um pé saudável e arrastando o outro, doente. O pequeno Iurka resfolegava em sua caminha alta. Valentina estava em silêncio. Os vidros das janelas ficaram cinza, com um matiz amarelo. Cômoda, cama, malas e cestas intumesceram em um inchaço escuro. Nos cantos, pairavam os cortinados suaves das sombras, o quarto perdeu a definição de suas linhas, arredondando-se em borrões. Andrei via apenas a ponta acesa de sua *papirossa*.

Uma outra ponta acesa agitava-se em seu coração, e o coração doía, queimado.

– Vai ficar calada? Pois então eu digo. Você tem vergonha porque a variada canalha pequeno-burguesa considera seu marido um carrasco. Sim?

Valentina estremeceu. Ergueu a cabeça. Viu o olho vermelho e agudo da *papirossa*. Deu as costas.

Andrei, sem apagar, largou a bituca. O pequeno alfinete de fogo no chão picou o olho dela. Picou dolorido, como no coração de Andrei. Valentina cobriu o rosto com as mãos.

– Não só pequeno-burgueses... Alguns comunistas...

E, com desespero, com esforço, um último argumento, quase inaudível:

– E estou farta de viver com Iurka só com uma ração. Outros conseguem, enquanto você, que é presidente da Gubtcheká, não pode...

Andrei esmagou a *papirossa* pesadamente com a bota. Estava indignado. Tinha vontade de proferir grosserias, tinha vontade de humilhar, de cuspir nela, que cuspia nele e humilhava-o com sua proximidade. Srúbov ficou dolorosamente envergonhado por ser casado com uma pequeno-burguesa limitada, que em espírito era-lhe absolutamente alheia. Deu um piparote no interruptor. As malas, os montes de coisas jogadas ao acaso no mesmo quarto. E os dois também eram assim. Pois eram alheios um ao outro. Conteve-se. Ficou calado. Pôs-se a relembrar o primeiro encontro com Valentina. O que o atraíra naquela pequeno-burguesa frágil e feia? Sim, sim, ela o humilhara, ofendera com sua proximidade por se apresentar absolutamente diferente de como era na realidade. Engenhosamente captara os pensamentos e os desejos dele, engenhosamente repetira-os, apresentando-os como se fossem seus. Mas é possível unir-se a uma mulher apenas porque suas convicções, suas ideias são idênticas às convicções e ideias daquele a que se une? Era o quinto ano juntos. Que absurdo. Afinal, havia algo mais que o atraísse para ela? E esse algo ainda existia agora, quando ela já se decidira abandoná-lo definitivamente? O que seria esse algo? Srúbov não conseguia explicar para si mesmo.

– Então quer dizer que você está indo embora para sempre?

– Para sempre, Andrei.

E na voz, e até na expressão facial – firmeza. Nunca dantes observara.

– Pois bem, liberdade para quem é livre. O mundo é grande. Você encontrará um homem, e eu encontrarei...

Mas doía. Por que doía? Por que permanecia esse algo em sua relação com Valentina? O filho. Era de ambos. Querido dos dois. E ainda a ofensa. Carrasco. Não é uma palavra – é um açoite. Causava dor insuportável, abrasadora. Açoitava-lhe as cicatrizes da alma. A revolução obrigava. Sim. Um revolucionário deve se orgulhar de cumprir seu dever até o fim. Sim. Mas a palavra, a palavra. Esconder-se em algum lugar, debaixo da cama, no guarda-roupa. Que ninguém o visse. E que ele não visse ninguém.

V

Srúbov via-A todo dia em farrapos de duas cores – vermelhos e cinza. E Srúbov pensava.

"Para os educados no entusiasmo mentiroso das revoluções burguesas, Ela é vermelha e está de vermelho. Não. Ela não se caracteriza apenas pelo vermelho. O fogo da insurreição, o sangue das vítimas, o chamado à luta é de cor vermelha. O suor salgado dos trabalhadores cotidianos, a fome, a miséria, o chamado ao trabalho é de cor cinza. Ela é vermelho-cinza. E nossa Bandeira Vermelha é um erro, uma imprecisão, um mal-entendido, um autoengano. Deveriam pregar-lhe uma tira cinza. Ou, talvez, deveria ser feita toda em cinza. E, sobre o cinza, uma estrela vermelha. Para que ninguém se enganasse, não criasse ilusões. Quanto menos ilusões, menos erros e decepções. Um olhar mais sensato, mais fiel."

Pensava ainda:

"Por acaso essa bandeira vermelha não foi manipulada, banalizada, como foi manipulada e banalizada a palavra social-democrata? Não foi erguida por, e não se esconderam atrás dela os carrascos do proletariado e de sua revolução? Não esteve sobre os palácios Tauride e de Inverno, sobre o prédio do Komutch[12], em Samara? A divisão de Koltchak não lutou sob ela? E Heydemann, Vandervelde, Kérenski..."

Srúbov era um combatente, um camarada, e a pessoa mais comum, de olhos humanos, negros e grandes. Mas os olhos humanos precisam do vermelho e do cinza, precisam de cor e luz. Senão entristecem, apagam-se.

Srúbov todo dia tinha vermelho, cinza, cinza, vermelho, vermelho-cinza. Por acaso não eram cinza e vermelhos as buscas, o remexer do aconchego de naftalina dos cofres, o silêncio assustado dos apartamentos alheios, as requisições, os confiscos, as detenções e os rostos assustados e arrasados, as fileiras sujas dos detentos, as lágrimas, as súplicas, os fuzilamentos – os crânios rachados, os montes fumegantes de cérebros, o sangue? Por isso ia ao cinema, amava

---

[12] Acrônimo de Comitê de Membros da Assembleia Constituinte. Foi um governo de oposição constituído por membros da Assembleia Constituinte (dissolvida pelos bolcheviques em janeiro de 1918) e controlado pelos socialistas revolucionários, que durou entre 8 de junho e 4 de setembro de 1918 e teve sua sede em Samara.

balé. Por isso, todo dia, após a partida da esposa, ia ao teatro, na turnê de uma nova bailarina.

Mas no teatro não há apenas uma orquestra, a ribalta, o palco. No teatro também há espectadores. E quando a orquestra se demora e o palco está fechado, os espectadores não têm o que fazer. E os espectadores são centenas de olhos, dezenas de binóculos e lornhões, examinando Srúbov. Para onde Srúbov se vire – rodinhas brilhantes de vidro e olhos, olhos, olhos. Dos lustres, dos binóculos, dos lornhões, dos olhos – raios de luz. O foco deles é Srúbov. E, na plateia, nos camarotes, na galeria, ondas da brisa de um sussurro quase imperceptível:

– ... Presidente da Gubtcheká... Chefe do porão da província... Carrasco da província... Gendarme da província... Membro da Okhrana[13] soviética... Primeiro salteador...

Srúbov se enerva, empalidece, roda na cadeira, enfia a barba na boca, mastiga o bigode. E seus olhos, simples olhos humanos, que precisam de cores e luz, escurecem, enchem-se de ódio. E seu cérebro cansado exige descanso, retesa flechas, dispara pensamentos.

"Espectadores gratuitos do teatro soviético. Servidores soviéticos. Eu os conheço. Metade de túnicas

---

13 Polícia secreta tsarista.

militares inglesas gastas, com dragonas arrancadas. Metade de ex-senhorinhas de vestidos cerzidos e boás sujos, amassados. Cochichem. Arregalem os olhinhos. Fujam como da peste. Almazinhas infames. Mas não vão escrever denúncias uns contra os outros? Como expressão da mais leal lealdade, crucificam-se em páginas escritas inteiras. Vermes. Sei, sei, entre vocês há uns comunistinhas que se infiltraram no partido. Há também os assim chamados socialistas. Muitos de vocês cantaram e cantam, uivando exaltados – a vingança implacável contra todos os inimigos... Vingança e morte... Abatam, matem-nos, malditos celerados. Manchemo-nos com o sangue de nossos inimigos...[14] E, canalhas, afastem-se, afastem-se dos tchekistas. Os tchekistas são de segunda categoria. Oh, calhordas, oh, hipócritas, infames folgados, nos livros, nos jornais teóricos vocês não são contra o terror, admitem sua necessidade, mas o tchekista que põe em prática a teoria de vocês, vocês desprezam. Dizem: o inimigo está desarmado. Enquanto viver, ele não está desarmado. Sua arma principal é a cabeça. Isso já foi

---

14 Versos de *Warszawianka 1905*, canção socialista polonesa de 1879 traduzida e adotada pelos revolucionários russos.

demonstrado mais de uma vez. Krasnov[15], os cadetes que estiveram em nossas mãos e não foram aniquilados por nós. Vocês cercam os terroristas socialistas revolucionários com uma auréola de heroísmo. Por acaso Sazónov, Kaliáev, Balmachov[16] não eram também carrascos? Claro, fizeram-no tendo como fundo uma bela decoração, com entusiasmo, em um ímpeto. Enquanto, conosco, é um assunto cotidiano, um trabalho. E trabalho é o que vocês mais temem. Realizamos um trabalho imenso de desbaste, sombrio, sujo. Oh, vocês não gostam dos trabalhadores braçais do trabalho sombrio. Vocês gostam de limpeza em tudo e em todos, até na latrina. Porém, do sanitizador que limpa, afastam-se com desprezo. Vocês gostam de bife com sangue. Mas açougueiro, para vocês, é um xingamento. Pois todos vocês, do

---

15 Piotr Nikoláievitch Krasnov (1869-1947), líder contrarrevolucionário, foi preso pelos bolcheviques e libertado após prometer não pegar em armas contra eles. Descumpriu a promessa, liderou os cossacos contra os soviéticos e, na Segunda Guerra Mundial, colaborou com os nazistas.

16 Membros do Partido Socialista Revolucionário: Egor Sazónov (1879-1910) foi executado pelo assassinato de Plehve, ministro do Interior; Ivan Kaliáev (1877-1905), pelo do grão-duque Serguei Aleksándrovitch; e Stepan Balmachov (1881-1902), pelo do ministro do Interior Dmitri Sipiáguin.

membro das Centúrias Negras[17] ao socialista, justificam a existência da pena de morte. Mas do carrasco vocês se afastam, retratam-no sempre como o feroz Maliuta[18]. Do carrasco vocês sempre falam com repulsa. Mas eu lhes digo, canalhas, que nós, carrascos, temos direito ao respeito..."

Mas não conseguiu ficar sentado até o começo do espetáculo, levantou-se de um salto, foi suando até a saída. Olhos, binóculos e lornhões em seus flancos, em suas costas, em seu rosto. Não reparou que disse "canalhas" em voz alta. E cuspiu.

Chegou em casa pálido, com o rosto convulsionado. A velha de vestido e lenço pretos, ao abrir a porta, fitou-o nos olhos, com curiosidade e carinho:

– Está doente, Andriucha?

Srúbov baixou os ombros, sem forças. Encarou a mãe com um olhar pesado e esgotado, um olhar que não tinha cor nem luz, que se extinguia, se entristecia.

– Estou cansado, mamãe.

Deitou-se imediatamente na cama. A mãe tinia a louça na sala de refeições. Preparava o jantar. Mas Srúbov só tinha vontade de dormir.

---

17 Organização de extrema direita, monarquista, xenófoba e antissemita, que atuou entre 1905 e 1917.
18 Maliuta Skurátov (?-1573), líder da repressão na época de Ivan, o Terrível.

Srúbov sonhou com uma máquina enorme. Havia muita gente nela. Os maquinistas principais, nos postos de comando, acima, manejavam as alavancas, giravam as rodas, miravam ao longe sem parar. Por vezes inclinavam-se no peitoril da passarela, abanavam as mãos, gritavam algo para os trabalhadores de baixo e sempre apontavam para a frente. Os de baixo carregavam o combustível, bombeavam a água, corriam com o lubrificante. Estavam todos magros e negros de fuligem. E bem embaixo, junto às rodas, giravam discos de corte reluzentes. Perto deles, os colegas de trabalho de Srúbov – os tchekistas. Os discos giravam em uma massa de sangue. Srúbov deu uma olhada – eram vermes. Em colunas, rastejavam para a máquina, vermes vermelhos e moles, ameaçando obstruir, estragar seu mecanismo. Os discos cortavam-nos, cortavam-nos. Uma massa vermelha crua caía sob as rodas, arrastando-se na terra. Os tchekistas não se afastavam dos discos. Um cheiro de carne perto deles. Srúbov só não conseguia entender por que não era crua, mas frita.

E, de repente, os vermes se transformaram em vacas. Mas suas cabeças eram humanas. Vacas de cabeça humana, como vermes – rastejando, rastejando. Os discos de corte automáticos não conseguiam cortar. Os tchekistas fincavam-lhes, à mão, facas na nuca. E a massa vermelha caía, caía sob as rodas. Uma vaca tinha olhos azuis, azuis. A cauda era uma trança dourada de donzela. Arrastou-se até Srúbov. Srúbov acertou-a no meio dos olhos. A faca atolou. Da ferida, vinha-lhe na cara cheiro de sangue e de carne frita. Srúbov ficou sem ar. Sufocava.

Na mesinha de cabeceira, havia um prato com duas almôndegas. Ao lado, um garfo, um pedaço de pão e um copo de leite. A mãe não conseguira despertá-lo, então deixara ali. Srúbov acordou, gritou:

– Mamãe, mamãe, por que você me trouxe carne?

A velha dormia, não escutava.

– Mamãe!

Na frente da cama, havia um tremó. Nele, um rosto pálido, de nariz pontudo. Olhos enormes e assustados. Cabelos e barba arrepiados. Srúbov tinha medo de se mexer. Um duplo, no espelho, seguia-o, repetindo-lhe todos os movimentos. E, como uma criança, chamava:

– Mamãe, mamãe.

Ela dormia, não ouvia. Silêncio na casa. A perna doente do ponteiro arrastava-se. O relógio rouquejava. Srúbov gelava, congelava na cama. O duplo em frente. Um olhar insano à espreita. Ele vigiava. Srúbov quis chamar a mãe de novo. Não tinha forças para mexer a língua. Não tinha voz. Só aquele, o outro, no espelho, movia os lábios sem som.

VI

Camarada de Srúbov de colégio, universidade e na clandestinidade partidária, Isaac Katz, membro do Colégio da Gubtcheká, assinou a sentença de morte do pai de Srúbov, o doutor em medicina Pável Petróvitch Srúbov, o mesmo Pável Petróvitch, médico moscovita de barba preta e de óculos dourados que, brincando, sacudia o topete ruivo do colegial da classe preparatória Katz, chamando-o de Ika, e que Katz chamava de Pável Petróvitch.

E, antes do fuzilamento, despindo-se na umidade abafada do porão, Pável Petróvitch disse a Katz:

– Ika, diga a Andrei que morri sem raiva dele e de você. Sei que as pessoas são capazes de ficar tão cegas por causa de uma ideia que param de pensar com bom senso, de distinguir o preto do branco. O bolchevismo é um fenômeno doentio temporário, um ataque de ira que agora acometeu a maioria do povo russo.

O médico nu, de barba preta, inclinou de lado a cabeça de cabelos negros prateados, tirou os óculos de armação dourada, entregou-os ao comandante. Esfregando uma mão na outra, caminhou até Katz.

– E agora, Ika, permita que lhe aperte a mão.

E Katz não conseguiu não dar a mão ao doutor Srúbov, cujos olhos estavam, como sempre, afetuosos, cuja voz estava, como sempre, suave como veludo.

– Desejo-lhe pronto restabelecimento. Acredite em mim como um velho médico, acredite como acreditou no colégio, quando eu o curei da escarlatina, que a sua doença, a doença de todo o povo russo, indubitavelmente é curável e, com o tempo, desaparecerá sem deixar rastro, e para sempre. Para sempre, pois o organismo que padece dela produz anticorpos suficientes. Adeus.

E o doutor Srúbov, temendo perder o autocontrole, virou-se apressadamente e, curvando-se, foi à "mureta".

E o membro do Colégio da Gubtcheká Isaac Katz, que naquele dia estava obrigado a presenciar os fuzilamentos, mal conteve o desejo de fugir correndo do porão.

E, na noite do fuzilamento do doutor em medicina Pável Petróvitch Srúbov, o membro do Colégio da Gubtcheká Isaac Katz foi transferido por telegrama para a mesma função de membro do Colégio da Gubtcheká em outra cidade, a mesma em que trabalhava Andrei Srúbov. E já no primeiro dia de sua chegada Isaac Katz foi ao apartamento de Andrei Srúbov tomar café com ele. E a mãe de Srúbov, uma velha pálida de olhos negros, vestido e lenço pretos, passava o café, quando chamou o filho da sala de jantar e, na antessala escura, disse-lhe, sussurrando:

– Andriucha, Ika Katz fuzilou o seu pai, e você se senta à mesma mesa que ele.

Andrei Srúbov tocou carinhosamente o rosto da mãe com a palma da mão e sussurrou:

– Minha mãezinha querida, mamãezinha, disso não se deve falar, não se deve pensar. Traga-nos mais um copo de café.

Ele mesmo não queria falar, não queria pensar. Mas Ika Katz achava embaraçoso não falar, e falou. Falou, mexendo e tinindo a colherinha no copo, examinando com atenção a mão avermelhada, de pelos ruivos, as veias azuis, baixando a cabeça ruiva encaracolada, inclinando-se sobre o café fumegante, aspirando seu aroma – forte, marcado, misturando-se com o aroma suave do leite fervido.

– Era impossível não fuzilar. O velho organizou uma Sociedade de Luta Ideológica contra o Bolchevismo – SIB. Sonhava com SIBs desse tipo por toda a Sibéria, queria unir por meio delas as forças dispersas da *intelligentsia* de espírito antissoviético. Durante o inquérito, chamava-os de *sibistas*...

Falava, mas não erguia o rosto do copo. Srúbov escutava, enchia o cachimbo devagar, e sem olhar para Katz sentia que ele não tinha vontade de falar, que falava só por cortesia. Srúbov convencia-se de que o fuzilamento do pai fora indispensável, e de que, como comunista revolucionário, deveria concordar com aquilo incondicional e resignadamente. Mas os olhos eram atraídos para a mão de dedos vermelhos e curtos que agarrava o copo com o líquido castanho, para a mão que assinara a sentença de morte do pai. E, com um sorriso forçado, falso, descerrando os lábios com muito esforço, disse:

– Sabe, Ika, quando um tchekista cândido, no interrogatório, perguntou a Koltchak quantos e por que tinha fuzilado, Koltchak respondeu: "Senhores, ao que parece, somos adultos, então vamos falar de algo mais sério". Entendeu?

– Está bem, não falemos.

Srúbov estremeceu pela rapidez com que Katz concordou com ele, porque o rosto dele, barbeado, vermelho, carnudo, de nariz aquilino e pontudo, e os olhos verdes, saltados dele, eram indiferentes como um pau. E quando Katz se calou e se pôs a beber, engolindo ruidosamente, os pensamentos de Srúbov começaram a se suceder rapidamente. Pensamentos como justificativas. Diante de quem? Podia ser diante Dela, podia ser diante de si mesmo. Nos olhos de Srúbov havia dor e vergonha, e um desejo, apaixonado, invencível, de se justificar. E se não ousava em voz alta, então que fosse para si mesmo, mentalmente, justificar-se, justificar-se, justificar-se.

"Sei com firmeza que todo homem e, consequentemente, também meu pai são de carne, osso e sangue. Sei que o cadáver do fuzilado é de carne, osso e sangue. Mas por que o medo? Por que comecei a temer ir para o porão? Por que arregalo os olhos para a mão de Katz? Porque a liberdade é intrépida. Porque ser livre significa, antes de tudo, ser intrépido. Porque ainda não sou completamente livre. Mas não sou culpado. Liberdade e poder, após séculos de escravidão, não são coisas fáceis. Se você desatar os pés deformados de uma chinesa, ela começará a cair, se arrastará de quatro até aprender a andar como gente, a desenvolver os cotos. Suas audácias, desígnios, ímpetos talvez sejam um oceano, mas os cotos atrapalham. Sem dúvida, Napoleão tinha esses cotos, e também Smerdiakov[19]. E quem de nós não tem os

---

19 Personagem do romance *Os irmãos Karamázov*, de Fiódor Dostoiévski, Smerdiakov é o quarto filho, ilegítimo, do velho Karamázov, e é o assassino do pai.

pés deformados? Aqui, aprender, exercitar-se, talvez seja pouco – é preciso transfigurar-se, trocar de pele."

Katz terminou de beber. Sem baixar o copo, pensou em voz alta, ou disse a Srúbov:

– Claro, para que falar, chorar, filosofar. Cada um de nós, talvez, pode também choramingar. Mas a classe como um todo é implacável, firme e cruel. A classe como um todo nunca se detém diante de um cadáver – passa por cima. E se você e eu ficarmos sentimentais, passará também por cima de nós.

E nessa hora, na Gubtcheká, no porão número 3, o tremor de joelhos, o sacudir de braços e o ranger de dentes de 112 pessoas. E o comandante que, debaixo da peliça curta e grossa, tinha um calção militar vermelho; que tinha um rosto rosado e barbeado e nas mãos uma folha branca com uma lista, mandou que os 112 detentos se reunissem e saíssem com seus pertences. O tremor, o sacudir, o secar das gargantas, e as lágrimas, os suspiros e os gemidos ocorrem exatamente porque a ordem era sair com os pertences. Cento e doze participaram de uma insurreição contra o poder soviético, foram pegos de armas nas mãos e sabiam que seriam todos fuzilados; achavam que, se os faziam sair com os pertences, faziam sair para o fuzilamento. E eis que os 112, de peliças longas e curtas, pretas e ruivas, de pele de ovelha, cheirosas, de casacos coloridos e forrados de pele de cachorro, de rena, de cabra, de vitela, de paletós, de gorros felpudos e altos de pele, de gorros de orelhas compridas, de botas de frio bordadas, de simples botas de feltro, dispondo os pertences em um monte, na espaçosa sala de comando, saíram do porão, da umidade, do escuro, das ratazanas, das prateleiras oscilantes e úmidas, do medo, da angústia de antes da morte, dos dias de modorra, das noites de insônia, para a sala de espetáculos do clube da Gubtcheká e do batalhão da Tcheká, pelos degraus iluminados e largos de mármore da escadaria, pelos patamares onde vigias se postavam como estátuas, e o ar saturado de luz elétrica esquentava com a respiração seca dos aquecedores. A fera comprida, colorida e cheirosa de cem cabeças arrastou-se, com o ruído suave das botas de frio bordadas, da sala de comando ao terceiro andar, e sua pele colorida cobriu todas as cadeiras da sala de espetáculos.

No pano vermelho da cortina de cena, uma inscrição: "O PODER SOVIÉTICO NÃO SE VINGA DOS CAMPONESES ENGANADOS".

Soletrando, decifraram com dificuldade e, com esperança alegre e secreta, suspiraram, agitaram-se, sussurraram. Porém, nas grinaldas verdes dos ramos de pinheiro das paredes, havia outras inscrições, terríveis, assustadoras, contraditórias:

"MORTE AOS INIMIGOS DA REVOLUÇÃO DE OUTUBRO." "MORTE À ENTENTE E SEUS LACAIOS."

Na pele colorida, um tremor; devido ao tremor, pregas. E um sussurro mais alto, mais agitado.

– Mo-or-te... M... mo-or-te... mo-or-morte...

Na sala, o cheiro de suor, de roupa íntima suja, o odor azedo de pele de ovelha, de tabaco de qualidade inferior. O comandante mandou abrir um postigo. E a fera desgrenhada e colorida dilatou as narinas com avidez, encheu o peito com a umidade fresca da neve que derretia, a embriaguez forte do primeiro suor frio da terra. Inquieta e angustiada, a fera se remexia, as cadeiras estalavam, rangiam. Saudável, forte, era atraída para a terra, tinha vontade de se aferroar ao seu peito negro, apertar-se contra seu corpo grande, suado, molhado, ensopado no trabalho.

E Srúbov e Katz, quando entraram na sala e viram no rosto, nos olhos dos camponeses presos, a angústia cinza, entenderam que se devia à inatividade, ao abafamento do porão, à expectativa penosa da morte, que era pela terra e pelo trabalho. Srúbov entrou no tablado rápido, com passos elásticos e largos. Alto, de calças e japona de couro preto, barba e cabelo pretos, revólver de lado, postava-se contra o fundo vermelho da cortina como se fosse constituído de ferro fundido. Fitava com ousadia os olhos da fera domada, forte e colorida. Disse a primeira palavra de seu apelo com a alegria de um domador seguro da vitória:

– Camaradas...

Baixo, devagar, quase cantava. Como se acariciasse pelos obstinadamente duros. Causou um leve tremor de cócegas por toda a pelagem colorida. Como um domador que abre tranquilamente a jaula da fera domada, Srúbov afirmou, calmo:

– Em uma hora vocês serão libertados.

Cento e doze pares de olhos brilharam com alegria cintilante e radiante. A fera colorida pôs-se a rugir agitada, contente. E, do postigo, o fluxo contínuo de neve a se derreter. As narinas se dilataram de modo ainda mais forte e largo, as cabeças giraram com o inebriamento da primavera. Srúbov também se embriagou com o sopro inebriante da primavera próxima, com a alegria animal e inebriante de 112 homens. Alargou-lhe o peito um turbilhão de palavras grandiosas, inchadas de alegria ardente. Derramaram-se como uma chuva ensolarada e ofuscante de faíscas pela pelagem colorida da fera, estalando, chamuscando o pelo, correndo em luzinhas pungentes, vermelhas, azuis, verdes.

– Camaradas, a revolução não é o racionamento, os fuzilamentos, a Tcheká.

No mar de fogo, faiscou a figura negra e carbonizada do pai fuzilado, e desapareceu, consumida.

– A revolução é a fraternidade dos trabalhadores.

Depois do concerto, do espetáculo de libertação, a fera colorida, com um rosnado satisfeito e o tropel de centenas de pés, saiu correndo, pelo portão aberto, até a rua.

E os tchekistas ficaram ébrios com a alegria, a alegria animal, sem motivo e inebriante, da vida. E, naquela noite, o prédio branco de pedra de três andares, de bandeira vermelha, tabuleta vermelha, vigia no portão e nas portas viu coisas inauditas.

Os funcionários da Gubtcheká saíram pelo portão gargalhando, soltando gritos ruidosos. O presidente da Gubtcheká correu à frente, como um menino, pegou um punhado de neve, amassou e jogou na fuça de Vanka Mudýnia. Vanka desatou a rir, guinchou.

– Já vou acertá-lo com uma presidencial, camarada Srúbov.

Mudýnia ganhou o apoio do soturno Boje. Duas bolas brancas e frias imediatamente acertaram Srúbov nas costas e no pescoço. Srúbov jogou mais uma no grupo de tchekistas, e os tchekistas, como alunos que saíam na rua para o recreio, começaram a atirar neve uns nos outros, com guinchos. Bola de neve – bola de riso. Riso – neve. E uma alegria autêntica, sem motivo, inebriante, a alegria animal de viver.

Srúbov ficou coberto de branco da cabeça aos pés. Caíram em cima até das pessoas intocáveis – os vigias.

Despediram-se, separaram-se cansados, com umidade nos colarinhos, com mãos e faces úmidas, coradas e ardentes.

Srúbov, na esquina, apertou a mão de Katz, fitou seus olhos pretos desanuviados, cintilantes.

– Até mais, Ika. Está tudo bem, Ika. Revolução é vida. Viva a revolução, Ika.

E, em casa, Srúbov jantou com apetite. E, erguendo-se da mesa, agarrou a mulher triste, de preto, sua mãe, rodando com ela pelo aposento. A mãe escapava, sem saber se ficava zangada ou se ria, gritava, ofegava com os giros furiosos da valsa inesperada.

– Andrei, você ficou louco. Pare com isso, Andrei...

Srúbov ria.

– Está tudo bem, mamãezinha. Viva a revolução, mamãezinha!

VII

O interrogado estava no meio do gabinete. Uma luz intensa em seus olhos. Atrás dele, dos lados – escuridão. À frente, face a face – Srúbov. O interrogado via apenas Srúbov e duas escoltas no limite do pedaço iluminado do chão.

Srúbov trabalhava com papéis. No interrogado, nenhuma atenção. Nem sequer o olhava. E este se agitava, revirando o bigodinho débil, que mal despontara. Preparava-se para as respostas. Não tirava os olhos de Srúbov. Esperava que começasse a perguntar de imediato. Inútil. Cinco minutos – silêncio. Dez. Quinze. Insinuou-se a dúvida: haveria interrogatório? Será que o tinham chamado simplesmente para informar a declaração de sua libertação? Ideias de liberdade são leves, alegres.

E, de repente, inesperadamente:

— Seu nome, patronímico, sobrenome?

Perguntou sem erguer a cabeça. Como se não fosse ele. Passou todos os papéis de um lugar para o outro. O interrogado estremeceu, respondeu. Srúbov nem pensou em anotar. Mas, mesmo assim, a pergunta tinha sido feita. O interrogatório começara. Era preciso responder.

Cinco minutos – silêncio. E de novo:

— Seu nome, patronímico, sobrenome?

O interrogado ficou desconcertado. Contava com outra pergunta. Titubeando, respondeu. Começava a se tranquilizar. Não havia nada de especial se voltavam a perguntar. Nova pausa.

— Seu nome, patronímico, sobrenome?

Isso já era um golpe de martelo. O interrogado desanimou. E Srúbov fazia ar de que não estava notando nada.

E pausa de novo. E de novo a pergunta:

— Seu nome, patronímico, sobrenome?

O interrogado ficou exaurido, esmoreceu. Não conseguia organizar as ideias. Estava sentado em um tamborete sem encosto. Ficava longe das paredes. E nem dava para ver as paredes. Uma escuridão mole. Não havia onde encostar. E aquela luz nos olhos. As espingardas das escoltas. Srúbov, por fim, ergueu a cabeça. Lançou um olhar pesado. Não fez perguntas. Contou em que unidade o interrogado serviu, onde ela ficava, que tarefas cumpriu, quem era o comandante. Srúbov falava com segurança, como se lesse uma anotação de serviço. O interrogado ficava calado, meneando a cabeça. Estava nas mãos de Srúbov.

Era preciso assinar o protocolo. Sem ler, de mão trêmula, traçou seu sobrenome. E só ao devolver a folha comprida deu-se conta do sentido terrível do que ocorrera – assinara sua própria sentença de morte. A última frase do protocolo dava pleno direito ao Colégio da Gubtcheká de condenar à pena máxima.

"... participou de fuzilamentos, açoitamentos, torturas de soldados do Exército Vermelho e de camponeses, participou de incêndios de aldeias e vilas."

Srúbov guardou o papel na pasta. Soltou com desdém:

– Próximo.

E, sobre esse, nem uma palavra. O que era, o que não era. Srúbov não gostava dos fracos, que se rendiam fácil. Apreciava os encontros com oponentes habilidosos, ousados, inimigos até o fim.

O interrogado torcia os braços.

– Imploro, tenha piedade. Serei seu agente, vou lhe entregar todos...

Srúbov nem olhou. Só disse à escolta, mais uma vez, insistente:

– O próximo, o próximo.

Depois do interrogatório do bigode ralo, ficou na

alma um tremor de asco. Como se tivesse esmagado um tatuzinho.

O seguinte era um capitão de artilharia. O rosto aberto, direto, o olhar seguro dispuseram-no a seu favor. Logo começou a falar. Serviu os Brancos por muito tempo? Desde o começo.

– Na artilharia?
– Na artilharia.
– Não participou de uma batalha em Akhlabinnoie?
– Como não? Participei.
– Era a sua bateria que estava na floresta, junto à aldeia?
– A minha.
– Rá-rá-rá-rá!...

Srúbov desabotoou a túnica militar e a camisa de baixo. O capitão ficou surpreso. Srúbov gargalhava, desnudando o ombro direito.

– Veja como vocês me espancaram.

No ombro, havia três cicatrizes rosadas e profundas. O ombro estava ressequido:

– Fui ferido em Akhlabinnoie com metralha. Era então comissário de regimento.

O capitão agitou-se. Revirou os bigodes compridos. Olhou para o chão. Mas, para Srúbov, ele era absolutamente como um velho conhecido.

– Não é nada, foi em combate aberto.

Ficou muito tempo sem interrogar. O capitão não

estava na lista dos procurados. Assinou a declaração de libertação. Ao se separar, trocaram olhares longos, fixos, simples, humanos.

Ficando a sós, acendeu um cigarro, sorriu e, para se lembrar, anotou o sobrenome do capitão no bloco de notas de bolso.

E, na sala vizinha, uma algazarra. Um grito abafado. Srúbov apurou o ouvido. Outro grito. A boca que gritava era um barril velho. Apertavam-lhe os aros com os dedos. Pelas frestas, água. Entre os dedos, o grito.

Srúbov foi para o corredor.

Para a porta.

JUIZ DE INSTRUÇÃO DE SERVIÇO.

Trancada.

Bateu, as mãos doíam.

Com o revólver.

– Camarada Ivanov, abra! Vou arrombar.

Nem arrombou, nem Ivanov abriu.

Uma otomana negra. Nela, a processada Novodómskaia. Pernas brancas, nuas. Roupa íntima de renda, em farrapos. Roupa íntima branca. E o rosto. Já desmaiada.

E Ivanov vermelho, molhado de suor.

E, em meia hora, Ivanov, preso, e Novodómskaia estavam no gabinete de Srúbov. Junto à parede esquerda, perto de umas poltronas. Ambos estavam pálidos. Olhos grandes, negros. À direita do sofá, em cadeiras, todos os funcionários responsáveis. Túnicas militares, camisas militares cáqui, blusões de couro, calças de diversas cores. Pretas, vermelhas e verdes. Todos fumavam. Atrás da fumaça, rostos cinzentos, turvos.

Srúbov estava no meio da mesa. Na mão, um lápis grande. Falava e riscava.

– Por que não estuprar, se vai ser mesmo fuzilada? Que tentação para uma alminha de escravo.

Novodómskaia não estava bem. Apertava os braços de couro gelados da poltrona com as mãos enregeladas.

– Se é permitido atirar, é permitido também violar. Tudo é permitido... E se cada um for um Ivanov?...

Olhou à direita e à esquerda. Estavam todos calados. Sugavam as *papirossa*s cinza.

– Não, nem tudo é permitido. É permitido o que é permitido.

Quebrou o lápis. Jogou-o com força na mesa. Levantou-se de um salto, salientando a barba negra hirsuta.

– Senão não é uma revolução, é obscurantismo clerical. Não é terror, é uma porcaria.

Voltou a pegar o lápis.

– Revolução não é o que minha perna esquerda quer. Revolução...

Riscou com o lápis.

– Em primeiro lugar...
E devagar, pausadamente:
– Or-ga-ni-za-ção.
Ficou em silêncio.
– Em segundo lugar...
Voltou a riscar. E, do mesmo jeito:
– Pla-ni-fi-ca-ção, em terceiro...
Rasgou o papel.
– Cál-cu-lo.
Saiu de trás da mesa. Andou pelo gabinete. Barba para a direita, barba para a esquerda. Agarrou as paredes. E, com as mãos, levantava do chão e empilhava um tijolo, outro, toda uma fileira. Ergueu os alicerces. Cimentou. Paredes, teto, chaminé. O corpo de uma fábrica imensa.

– A revolução é uma fábrica mecânica.

Cada máquina, cada parafuso com sua função.

E os elementos? O elementos eram o vapor não fechado na caldeira, a eletricidade que vaga em tempestade pela terra.

A revolução começa seu movimento progressivo no momento de captura dos elementos nas molduras de ferro da ordem, da racionalidade. A eletricidade é eletricidade quando está na rede de cabos de aço. O vapor é vapor quando está na caldeira.

A fábrica trabalhava. Nele. Caminhava entre as máquinas, apontava o dedo.

– Vejam a nossa. Com o que trabalha? Com a ira das massas, organizada com fins de autodefesa...

As ideias de Srúbov uniam-se umas às outras na cabeça dos ouvintes como barras firmes de ferro.

Terminou, parou na frente do comandante, moveu as sobrancelhas, ficou parado e, com absoluta firmeza (a voz não permitia réplica):

– Fuzilem ambos imediatamente. Primeiro ele. Para que ela se convença.

Os tchekistas se levantaram de súbito, com barulho. Saíram calados, sem se olharem. Apenas Pepel virou-se à porta e lançou, firme como Srúbov:

– Isso é justo. Revolução não é filosofia.

Ivanov tinha a cabeça no peito. Estava de boca aberta. Sempre andara direito, mas agora coxeava. Novodómskaia soltou um leve grito. Seu rosto era de alabastro. De bruços no chão, sem sentidos. Srúbov notou suas galochas quentes e altas, carcomidas (as ratazanas tinham-nas roído no porão.)

Olhou para o relógio, esticou-se, foi até o telefone, ligou:

– Mamãe, é você? Vou para casa.

Nos últimos tempos, Srúbov passara a ter medo do escuro. Antes de sua chegada, a mãe acendia a luz de todos os cômodos.

VIII

Srúbov viu um prodígio: Branco e Vermelho teciam a teia cinzenta do cotidiano.

Do cotidiano dele, Srúbov.

O Branco estendia a teia de instituição em instituição, de estado-maior em estado-maior, atava nós estreitos, firmes, em volta do prédio branco de pedra de três andares, concentrando as extremidades em um lugar, fora da cidade, na casinha carcomida de uma sentinela da horta do Departamento de Agricultura da Província. O Branco urdia a teia à noite, pelos escuros pátios dos fundos, pelas travessas surdas, escondendo-se do Vermelho, achando que o Vermelho não via, não sabia.

O Vermelho entrançava a teia de sua tela paralela à do Branco – fio por fio, nó por nó, laço por laço –, mas concentrava a extremidade em outro lugar – no prédio branco de pedra de três andares. O Vermelho entrançava dia e noite, não interrompia o trabalho nem por um minuto. Escondia-se do Branco, estava convicto de que o Branco não via, não sabia.

Branco e Vermelho tinham uma pressa tensa no trabalho, cada um tinha esperança na firmeza de sua teia, contava enredar, rasgar com sua teia a teia do outro.

E justamente na pressa, na tensão, na inquietude, no emaranhado próximo de sua própria e na teia do outro estava o cotidiano de Srúbov. Não dormir por semanas, ou dormir sem se trocar, na cadeira, junto à mesa, na mesa, nos trenós, na sela, no automóvel, em trânsito, no freio, comer em seco, no caminho, receber, encontrar, interrogar, instruir dezenas de agentes, ler, escrever, assinar centenas de papéis, mal manter a cabeça em pé, mal arrastar os pés de cansaço – era o cotidiano. E assim, sem se trocar, adormecendo à mesa, na poltrona, ou deitando-se no sofá por uma, duas horas, na avalanche ininterrupta e suja de gente, nos montes brancos de papel, nas nuvens azul-acinzentadas de fumaça de tabaco, Srúbov trabalhava havia oito dias. (Em geral, o trabalho na Tcheká era vermelho-cinza, cinza-vermelho. Vermelho e Branco, Branco e Vermelho. E o emaranhado infindável das teias, havia três anos.)

E eis que, quando todos os preparativos estavam feitos, todas as incumbências distribuídas, a outra teia solidamente cercada pela sua, quando os funcionários, com ordens e mandados, foram enviados para onde deviam, e fizeram tudo que deviam, quando deviam, quando o prédio branco de três andares estava silencioso e vazio (apenas no andar de baixo foi deixada uma companhia de batalhão da Tcheká), quando, na noite do oitavo para o nono dia, era preciso esperar os resultados do trabalho ardente das últimas semanas, quando, para o início das batidas, das buscas, das prisões faltavam exatamente duas horas, quando dava vontade de dormir, os olhos estavam vermelhos, era possível abrir na mesa a pasta de marroquim preto e, com um dedo, remexer nas pilhas de pedacinhos de papel, de farrapos, reler os pedacinhos, farrapos de ideias, escorar a cabeça pesada com a mão, bocejar, fumar.

Uma grande folha de papel pautado.

"Na França havia a guilhotina, execuções públicas. Nós temos o porão. A execução é secreta. Execuções públicas cercam a morte do condenado, mesmo o mais terrível, com uma auréola de martírio, de heroísmo. Execuções públicas agitam, dão força ao inimigo. Execuções públicas deixam aos parentes e aos próximos um cadáver, uma tumba, as últimas palavras, a última vontade, a data exata da morte. É como se o executado não fosse aniquilado por completo.

"A execução secreta, no porão, sem nenhum efeito

estético, sem anúncio da sentença, súbita, tem efeito esmagador sobre os inimigos. Uma máquina imensa, impiedosa, onisciente, inesperadamente agarra suas vítimas e as tritura, como em um moedor de carne. Depois da execução, não há data exata da morte, últimas palavras, cadáver, não há nem tumba. Há o vazio. O inimigo foi aniquilado completamente."

Um formulário: presidente da Comissão Extraordinária de Província para luta contra [...] À frente, uma nesga irregular, rasgada. Na parte intacta, estava escrito:

"1. Às nove horas, encontro com Arútiev.

2. Perguntar ao chefe do depósito por que este mês mandaram toucinho podre.

3. Assembleia municipal amanhã.

4. Calças curtas e algo doce para Iurássik."

Um protocolo de busca assinado. Na extremidade limpa, a lápis azul: "É indispensável organizar o terror de modo que o trabalho do carrasco-executor não se diferencie em quase nada do trabalho do líder-teórico. Um disse que o terror é indispensável, o outro apertou o botão do fuzilador automático. O principal é não ver o sangue.

"No futuro, a sociedade humana 'esclarecida' vai se livrar dos membros supérfluos ou criminosos com a ajuda de gases, ácidos, eletricidade, bactérias letais. Então não haverá porões e tchekistas 'sedentos de sangue'. Senhores cientistas, com ar de cientistas, de forma absolutamente intrépida, vão mergulhar pessoas vivas em matrazes e retortas enormes e, com a ajuda de todos os tipos de compostos, reações, destilações possíveis, começarão a transformá-las em graxa preta, vaselina, óleo lubrificante.

"Oh, quando esses sábios químicos abrirem seus laboratórios para o bem da humanidade, não serão necessários carrascos, não haverá assassinatos, guerras. Desaparecerá também a palavra 'crueldade'. Sobrarão apenas reações químicas e experiências..."

Do bloco de notas:

"1. Publicar no jornal a ordem de registro das armas estriadas.

2. Aconselhar-se com a Seção Especial.

3. Redigir sistematicamente pensamentos sobre o terror. Quando houver tempo, escrever um livro.

4. Falar de elétrons com o professor Bespály."

Pedaço de papel glacê para desenho. Desenho de um fuzilador automático.

Do lado de dentro de um pacote usado, com tinta vermelha, miúdo:

"Nosso trabalho é extraordinariamente pesado. Não por acaso, nossa instituição leva o nome de Comissão Extraordinária. Sem dúvida, nem todos os tchekistas são pessoas extraordinárias. Uma vez, um colega do alto escalão me disse que um tchekista que fuzilou cinquenta contrarrevolucionários é digno de ser fuzilado como 51º. Muito gentil. Resulta o seguinte – nós, gente de primeira categoria, teoricamente achamos o terror indispensável. Está bem. Vejamos por exemplo o seguinte quadro – há insetos nocivos aos cereais. E há seus inimigos, outros – igualmente insetos. Os cientistas agrônomos lançam os segundos contra os primeiros. Os segundos devoram os primeiros. O pãozinho vai parar intacto nas mãos dos agrônomos. Mas os infelizes exterminadores não são mais necessários, e não podem ser incluídos entre os que comem tranquilamente os pães brancos."

Mas se a cabeça está pesada, os olhos, vermelhos, e o sono cai como chumbo nos ombros, nas costas – então é baixar, fechar a pasta preta com o peito, com o rosto, cobrir-lhe com a barba e dormir, dormir, dormir.

E, detrás das janelas, na escuridão azul, um tropel de pés corria, o estalo dos gelinhos de poças invisíveis, um ruído de vozes, o murmúrio da multidão, ondas a zunir rumo às matinas. No campanário da igreja, um sino, o maior e mais velho, cinza-esverdeado de velhice, com a língua preta de ferro lambendo preguiçosamente os lábios cinza-esverdeados de cobre, resmungava: "A-a-a-mém-a-a-amém-a-a-amém...".

No gabinete, tabaco, ar abafado, a luz elétrica intensa do lustre e um tremor incessante, o tremor sonoro do martelar da campainha do telefone. Moscas

metálicas rastejavam às orelhas de Srúbov: "T-t-t-
-tr-r-r-tr-r-r-i-i-im...".

Conseguiram seu objetivo – acordaram-no. A cabeça ainda pesava, as pálpebras estavam grudadas. A boca, amarga, seca. Mas o pensamento imediatamente ficou preciso, claro – começava o dia.

E começara. A mão esquerda não tirava o gancho da orelha. Por telefone, relatos, por telefone, instruções. Na mesa, um mapa da cidade. Olhos nele. A mão direita botava cruzinhas nas regiões tomadas, nos quarteirões de conspiradores, nos depósitos de armas, cortava, picava em pequenos traços tortos a teia fina e emaranhada do Branco. Nos lábios de Srúbov havia um risinho amargo, irônico.

Sobre a cidade, o azul úmido da noite, as luzes das igrejas iluminadas, o repicar jubiloso da Páscoa, o farfalhar dos passos da multidão, os beijos, as saudações pascais. Cristo ressuscitou! E sobre a cidade, com um risinho amargo, com olhos irados, pairava Ela – esfarrapada, seminua, pisando imperiosa, pesada, de pés descalços na alegria adocicada dos que se beijavam três vezes, nas pirâmides brancas e doces de ricota e *kulitch*[20]. Apagaram-se os vasos, as luminárias das cornijas das igrejas, o repicar se

---

20 Bolo russo de Páscoa.

extinguiu, o farfalhar dos passos se esvaiu, o tropel dos que fugiam, escondendo-se nas casas. Sobre a cidade, um silêncio, uma calmaria tensa, o pavor e, no azul negro da noite de primavera, o azul de Seus olhos perscrutadores e raivosos.

Srúbov não ficou sentado no gabinete. Chamou Katz, que estava em uma batida, acomodou-o em sua poltrona e, de automóvel, disparou pela cidade. Com um mugido triunfante, bufando, reluzindo os olhinhos dos faróis, a fera forte de aço desembestou pelas ruas. Mas o Branco não estava. O Branco se refugiara nos fundos de quintal, nos cantos escuros, no subterrâneo.

Ficou na memória a prisão do cabeça da organização – a sentinela da horta do Departamento de Agricultura da Província Ivan Nikíforovitch Tchirkalov, o antigo coronel de Koltchak, Tchudáiev. O coronel portou-se com orgulho e com tranquilidade. Sem aguentar, Srúbov proferiu, sarcástico:

– Cristo ressuscitou, senhor coronel.

E, metendo-o no automóvel, acrescentou:

– É, hortelão, plantou um rábano, cresceu um rabo.

Tchudáiev ficou em silêncio, enfiando o quepe até a altura dos olhos. Damas assustadas de vestidos elegantes, homens de sobrecasaca e camisa. Solómin, imperturbavelmente calmo, fungando o nariz, rompia o sossego de naftalina dos baús.

– Digam quantos vocês são, burgueses. Deixamos uma peliça pra cada um. As restantes, levamos.

E ainda, ao examinar o monte de armas apreendidas, o coração batia orgulhoso, contente, uma força robusta e vermelha derramava-se por todos os músculos.

O resto era noite, dia, ruas, ruas, correntes, cadeias de patrulhas, vento nas orelhas, cheiro de gasolina, tremor do assento do automóvel, bater de portas, fraqueza nas pernas, barulho, peso na cabeça, dor nos olhos, apartamentos, quartos, cantos, camas, pessoas – em vigília, com traços de insônia nos rostos cinzentos, sonolentas, espantadas, adormecidas, assustadas, tchekistas, soldados do Exército Vermelho –, espingardas, granadas, revólveres, tabaco bom e ruim, e cinza-vermelho, vermelho-cinza e Branco, Vermelho e Vermelho, Branco. E depois da noite, do dia e de outra noite, era preciso receber visitantes, parentes dos presos.

Pediam, mais do que tudo, a libertação. Srúbov era atento e indiferente. Sentava-se, embora na poltrona, a uma altura enorme, sem ver em absoluto o rosto, a figura dos visitantes. Uns pequenos pontos pretos se mexendo – e só.

Uma velha pedia pelo filho, chorava.

– Tenha piedade, é único...

Caiu de joelhos, as faces em lágrimas, molhadas. Enxugava-se com a ponta do lenço da cabeça. Srúbov tinha a impressão de que seu rosto não era maior do que uma cabeça de alfinete. A velha fazia uma reverência até os pés. Baixou a cabeça, ergueu-a – a bolinha elétrica do alfinete iluminou-se, escureceu. O som da voz mal chegava a ser ouvido:

– Único.

Mas o que ele pode lhe dizer? O inimigo é sempre inimigo, em família ou sozinho, é indiferente. E não dava na mesma um ponto a mais ou a menos?

Naquele dia, para Srúbov, não havia pessoas. Até se esquecera de sua existência. Os pedidos não o emocionam, não o tocam. Era fácil recusar.

– Não é problema nosso se ele é ou não seu filho único. É culpado – fuzilamos.

Uma cabeça de alfinete sumiu, outra veio.

– O único provedor, o marido... de cinco filhos.

A velha história. E, para Ela, a mesma coisa.

A situação familiar não era levada em conta.

O alfinete enrubescia, empalidecia. O rosto de Srúbov, pétreo, imóvel, de palidez mortal, levava-a ao horror.

Entravam e entravam pontos-alfinetes pretos. Com todos, Srúbov era igual – implacavelmente cruel, frio.

Um ponto moveu-se para perto, bem perto da mesa. E, quando voltou a se afastar, um pequeno monte escuro ficou na mesa. Srúbov entendeu devagar –

estavam lhe passando um suborno. Sem baixar de sua altura inatingível, largou no gancho do telefone algumas palavras gélidas. O ponto ficou preto de susto, balbuciou de maneira incongruente:

– O senhor não aceita. Outros de vocês aceitam. Acontece...

– O inquérito esclarecerá quem aceitou do senhor. Fuzilaremos o senhor e quem aceitou.

Havia ainda outros visitantes – sempre os mesmos pontos, cabeças de alfinete. Durante toda a recepção, sentiu-se muito leve – em uma altura desmedida. Apenas tinha um pouco de frio. Daí, provavelmente, o branco de pedra que lhe cobria o rosto.

Parentes, familiares, pessoas próximas podiam, naturalmente, pedir com humildade, tremer, chorar, formar fila com suas pobres entregas embrulhadas, dar aos presos doces de Páscoa, *kulitches* gordos, ovos pintados – o prédio branco de três andares era inflexível, firme. Cruel, de justiça severa, como um mecanismo de relógio e seus ponteiros.

Os parentes ainda podiam vir com suas guloseimas e doces quando os presos, fotografados com números escritos a giz no peito, já tinham percorrido o caminho do porão número 3 para a prisão, da prisão, amarrados, até o porão número 2, dele para o número 1 e, consequentemente, para o cemitério, quando, em um monturo no pátio, fumegavam as minutas de seus casos, já entregues aos arquivos (as minutas, fragmentos que todo dia eram varridos das seções, sempre eram queimadas na Gubtcheká); quando ratazanas amarelas, gordas, de rabo mole, os roíam com os dentes fortes, lambiam o sangue deles com linguinhas vermelhas e afiadas.

O prédio branco de pedra de três andares, de bandeira vermelha, tabuleta vermelha e vigias arregaçava indiferente os dentes de ferro fundido dos portões, punha para fora dos vãos as línguas sangrentas com a saliva branca de cal (no tempo quente, o sangue que escorria dos automóveis que levavam os cadáveres era sempre coberto de cal). Não conhecia o pesar dos que trabalhavam dentro dele, nem o dos que eram levados para lá, nem o dos que iam até lá.

IX

Na reunião do colégio, esclareceu-se por fim o seguinte esquema da organização da Guarda Branca:

Grupo A – quinze equipes de cinco membros, dos mais ativos oficiais de combate de Koltchak, principalmente dentre servidores de instituições soviéticas. Sua tarefa era tomar a escola do partido e o arsenal de artilharia. Grupo B – dez equipes de cinco, ex-oficiais, ex-comerciantes, microempresários, lojistas, os que serviram como soldados, algumas pessoas da oficialidade do Exército Vermelho. A tarefa – tomar o telégrafo, a estação telefônica, o Comitê Executivo do Soviete de Província. Grupo C – sete equipes de cinco, escória. A tarefa – estação ferroviária.

Após a tomada dos pontos designados, e do estabelecimento de uma quantidade suficiente de postos para sua proteção, viria a união de todos os grupos, contando com a adesão de algumas unidades do Exército Vermelho, ataque à Gubtcheká, combate contra as tropas de combatentes fiéis ao poder soviético.

A organização, além de 32 equipes de cinco, tinha muitos simpatizantes que ajudavam, desempenhando papéis secundários.

Na reunião do colégio, Srúbov sentia-se muito bem. Estava em uma altura enorme. E as pessoas, em algum lugar ao longe, embaixo, ao longe. E, exatamente dessa altura, via como tomara todo o ardiloso emaranhado da teia do Branco na palma da mão, rasgando-a. Srúbov tinha consciência plena e orgulhosa de sua força.

Um juiz de instrução relatava:

– ... membro ativo da organização, tem como tarefa...

Todos ouviam com atenção. Reinava um silêncio absoluto no gabinete. Katz estava resfriado. Dava para ouvi-lo fungando, de forma contida. A lâmpada elétrica piscava intermitente.

O juiz de instrução terminou. Calou-se, olhou para Srúbov. Srúbov fez-lhe uma pergunta:

– Sua conclusão?

O juiz de instrução esfregou uma mão na outra, encolheu os ombros, encabulou-se:

– Creio que pena máxima.

Srúbov meneou a cabeça. E para todos:

– Há uma proposta – fuzilar. Objeções? Perguntas?
Morgunov enrubesceu, enterrou o bigode no chá.
– Ora, claro.
– Quer dizer que vamos atirar?
Srúbov estava alegre. Katz, assoando-se, confirmou:
– Atiramos.
– Próximo.
O juiz de instrução passou a mão nos fios ásperos e pretos do cabelo, começando um novo relato.
– Revelou-se como fornecedor de armas para a organização...
– E esse, camaradas?
Katz baixou a cabeça, enfiou a mão no bolso atrás de um lenço para o nariz. Pepel acendeu um cigarro, concentrado. Morgunov mexia a colherinha no copo de chá, pensativo. Ninguém parecia tê-lo ouvido. Srúbov ficou calado. Depois disse a todos com voz alta e decidida:
– Aprovado.
Sobrenomes, sobrenomes, sobrenomes, patentes, funções e títulos. Uma vez Morgunov retrucou, pôs-se a demonstrar:
– Na minha opinião, esse homem não é culpado...
Srúbov deteve-o, decidido e zangado:
– Pois bem, sua amêndoa açucarada, cale-se. A Tcheká é uma arma de justiça sumária de classe.

Entendeu? Se é justiça sumária, quer dizer que não é um tribunal. A responsabilidade pessoal tem, para nós, uma importância incontestável, mas não a mesma de um tribunal comum ou revolucionário. Para nós, o mais importante de tudo é a posição social, o pertencimento de classe. E só.

Jan Pepel, erguendo energicamente os punhos cerrados, apoiou Srúbov.

– Revolução não é nenhuma filosofia. Fuzilar.

Katz também se manifestou pelo fuzilamento, e passou a assoar o nariz com mais força. Srúbov estava em uma altura imensa. Medo, crueldade, proibição não existiam. E conversa sobre correto e incorreto, moral e imoral era um disparate, um preconceito. Ainda que para a gentinha-alfinete todos esses trastes fossem indispensáveis. Mas a ele, Srúbov, para que serviam? O importante para ele era não permitir a insurreição daqueles alfinetes. Como, com que meios, era indiferente.

E, ao mesmo tempo, Srúbov achava que não era isso. Que nem tudo era permitido. Para tudo havia limite. Mas como não ultrapassá-lo? Como se manter dentro dele?

O rosto empalideceu. Rugas entre as sobrancelhas. Srúbov não ouvia o relatório do juiz de instrução. Pensava em como se deter no ponto limítrofe do permitido. E onde este ficava? Tinha um pé em cima de algo muito pontudo e, com o outro e a ajuda das mãos, tentava manter o equilíbrio. Conseguia com dificuldade. Tinha a impressão de só no fim da sessão ter ficado estável, firme. Ficou muito contente por encontrar um meio de se segurar na linha limítrofe. Revelou-se que tudo dependia de uma piramidezinha pontiaguda triangular. Naturalmente, descobriu a presença dela em seu cérebro. Era de uma firmeza e pureza férreas. Sua composição era exclusivamente de elétrons de crítica e controle. Sorrindo, acariciou a própria cabeça. Apertou com mais força os cabelos contra o crânio, para que a preciosa piramidezinha não saltasse. Acalmou-se.

Foi o primeiro a assinar sob o protocolo. Escreveu "Srúbov" de forma nítida, fazendo círculos firmes, bem calcados, estendendo, a partir do "o", uma linha fina, no fim da qual prendeu uma barra grossa e longa, substituindo a letra "v". Toda a assinatura era um pedaço de raspa de madeira retorcida, preso em uma estaca. Os membros do colégio atrasaram-se por um segundo. Cada um esperava que o outro fosse o primeiro a pegar a pena.

Jan Pepel tomou a caneta de Srúbov com determinação. Diante da palavra "membros", rabiscou rapidamente: Jan Pepel.

Srúbov carregou o sobrolho, sombrio. Da folha branca do protocolo vinha-lhe ao rosto um frio de cova na neve. Aos vivos, é desagradável ficar perto de tumbas. Ela é alheia. Mas está a seus pés. Entre o sobrenome do último condenado e a assinatura de Srúbov havia um centímetro. Um centímetro mais alto, e ele estaria entre os sentenciados à morte. Srúbov chegou a pensar que a datilógrafa poderia se enganar ao copiar, e colocá-lo entre eles.

E, quando se preparavam para se despedir, sua atenção foi atraída para a nuca raspada de Katz. Brincou sem querer:

– E você, hein, Ika, que nuca chique de oficial – forte, larga. Um alvo que não dá para errar.

Katz empalideceu, franziu o cenho. Srúbov ficou constrangido. Sem olharem um para o outro, sem se despedirem, saíram para o corredor.

A última folha de papel (últimos lampejos de uma razão que se extinguia) colocada por Srúbov na pasta preta estava amassada, fora arrancada de modo irregular, com linhas azuis tortas e nodosas como veias.

"Se fôssemos fuzilar toda a organização Tchirkalov-Tchudáiev em grupos de cinco, no porão, seria requerido muito tempo. Para acelerar, levei mais da metade para fora da cidade. Todos se despiram imediatamente, postaram-se na beira de uma vala-sepultura. Boje pediu permissão para tracejar (cortar com sabre) – foi recusado. Atiraram imediatamente em dez homens, de revólver, na nuca. Alguns condenados, de medo, sentavam-se na beira da vala, com as pernas para dentro dela. Uns choravam, rezavam, pediam clemência, tentavam fugir. O quadro habitual. Mas, ao redor, havia um cordão a cavalo. Os cavalarianos não deixaram nenhum escapar – cortavam-nos. Krutáiev uivava, exigia minha presença: 'Chamem o camarada Srúbov! Tenho uma declaração valiosa. Parem o fuzilamento. Ainda vou lhes ser útil. Sou um comunista ideológico'. E, quando me aproximei dele, não me reconheceu, arregalava os olhos de maneira insana, urrava: 'Chamem o camarada Srúbov!'. De qualquer forma, tivemos que fuzilá-lo. Descortinara-se seu passado muito sangrento, havia uma fartura de declarações a seu respeito e, além disso, já tinha nos dado tudo que podia dar.

"Contudo, a maioria dessas pessoas me surpreendeu, deixou-me entusiasmado. Pelo visto, a revolução ensinara até a morrer com dignidade. Lembro-me de ainda menino ter lido que, na guerra contra o Japão, os cossacos obrigavam os *honghuzi*[21] a cavar túmulos, sentavam-nos na beira e cortavam-lhes a cabeça em fila, um de cada vez. Eu admirava essa

---

21 Do chinês "barbas vermelhas". Grupos de ladrões que atuavam na área fronteiriça entre China e Rússia.

calma oriental, a impassibilidade com que cada um aguardava o golpe de morte. E agora fiquei francamente admirado quando a longa fileira de gente nua petrificou-se em absoluto silêncio e calma, como inanimada, como uma fileira de estátuas de gesso, de alabastro. As mulheres portaram-se com especial firmeza. E é preciso dizer que, via de regra, as mulheres morrem melhor do que os homens.

"Da cova, alguém gritou: 'Camaradas, liquidem-me!'. Solómin pulou na cova, sobre os cadáveres, caminhou muito tempo por eles, virava-os, liquidava-os. Em todo caso, estava ruim de atirar. Embora a noite fosse de luar, estava nublada.

"Quando a lua iluminou o rosto ensanguentado dos fuzilados, o rosto dos cadáveres, por algum motivo pensei em minha morte. Eles morreram – você também vai morrer. A lei da Terra é cruel, simples – nasça, procrie, morra. E pensei no homem: será que ele, que penetra o éter do universo com os olhos do telescópio, que dilacera as fronteiras da Terra, que revolve a poeira dos séculos, que lê hieróglifos, apegando-se avidamente ao presente, arrojando-se temerariamente ao futuro, ele, que subjuga a terra, a água e o ar, será que nunca será imortal? Viver, trabalhar, amar, odiar, sofrer, aprender, acumular uma massa de experiência, de conhecimento, e depois virar carniça fétida... Absurdo...

"Regressamos ao nascer do sol. Ao me aproximar do automóvel, enfiei o pé em um formigueiro. Dezenas de formigas grudaram nas minhas botas. Ia de carro e pensava: mesmo um insetinho desses trava um combate mortal pelo direito de viver, comer, procriar. O insetinho morde a garganta de outro insetinho. E nós ficamos filosofando, juntamos diversas teorias abstratas e nos atormentamos. Pepel diz: 'A revolução não é nenhuma filosofia'. Mas eu, sem 'filosofia', não dou um passo. Será que só existe isso... nasça, procrie, morra?"

X

Depois houve um leito em uma clínica de doenças nervosas. Houve uma licença de dois meses. Houve a demissão da função de presidente da Gubtcheká. Houve saudade do filho. Houve uma bebedeira prolongada. Houve muita coisa em alguns meses.

E agora esse interrogatório. Srúbov estava magro, amarelo, arcos azuis debaixo dos olhos. Vestia um traje de couro, direto sobre os ossos. Corpo, músculos, não havia. Respiração entrecortada, rouca.

Quem interrogava era Katz. Seu rosto – uma chaleira redonda. O nariz – um pequeno pífaro pontudo, caído. Tinha vontade de levantar e meter, com força, o indicador no pífaro odiado, tapá-lo. Pois ele estava sentado, brincando de chefe na sua mesa. Agarrou a caneta branca de marfim com a pata vermelha, untou-a toda de tinta. E o interrogatório era uma tortura. Se pelo menos interrogasse. Qual o quê – dava-lhe uma palestra: a autoridade do partido, o prestígio da Tcheká. E o pequeno pífaro sempre para cima, para cima, como se lhe cravasse e esgravatasse o coração.

Srúbov puxava a barba. Cerrava os dentes. Agarrava Katz com os olhos de fogo e ódio. Em suas veias, o ultraje era ácido sulfúrico. Queimava, agitava. Não aguentou. Levantou-se de um salto, com a barba em sua direção:

– Você entende, seu lixo, que dei meu sangue pela revolução, dei tudo por Ela, e agora sou um limão espremido? E preciso de suco. Entenda, suco alcoólico, já que não sobrou sangue.

Por um instante, o juiz de instrução Katz, presidente da Gubtcheká, transformou-se no Ika de antes. Fitou Srúbov com os olhos grandes e afetuosos.

– Andrei, por que está zangado? Sei que você A serviu bem. Mas não aguentou?

E, como Katz lutava com Ika, como isso era doloroso, disse, com uma careta de dor:

– Pois bem, ponha-se no meu lugar. Pois bem, diga o que deveria fazer quando você começou a desonrá-La, a pôr Sua dignidade a perder?

Srúbov abanou a mão e andou pelo gabinete. Os ossos dos joelhos estalavam. As calças de couro farfalhavam ruidosamente. Não olhava para Katz. Valia a pena prestar atenção naquela nulidade? Diante de si estava Ela – a amante grandiosa e ávida. Dera-Lhe os melhores anos da vida. Mais – a vida inteira. Ela tomara-lhe tudo – a alma, o sangue, as forças. E miserável, depenado, foi jogado fora. Ela, insaciável, só apreciava os jovens, saudáveis, pletóricos. O limão espremido não era mais necessário. As sobras iam para a fossa do lixo. Quantos desses, exangues, extenuados, desnecessários, não tinham tombado atrás Dela, ao longo do caminho percorrido? Srúbov via-A com clareza, cruel e luminosa. Queria jogar-Lhe na cara maldições, o amargor das desilusões, em uma bola incandescente. Mas os braços tombavam. A língua estava sem forças. Srúbov via que Ela mesma era mísera, em sangue e farrapos. Era pobre, por isso cruel.

Mas um inválido, um resto, ainda é vivo e quer viver. E o lixeiro já tinha chegado, de vassoura. Estava sentado lá, com o pequeno pífaro para cima. Não, ele não queria ir para a vala. Tinham decidido aniquilá-lo. Não conseguiriam. Saberia se esconder. Não o encontrariam. Viver, viver... A boina que ficasse em cima da mesa. Com um sorriso venenoso e astuto, dirigiu-se a Katz:

– Cidadão presidente da Gubtcheká, ainda não estou preso? Permita que eu vá ao toalete?

E para a porta. E pelo corredor, quase correndo. E Katz, que voltara a ser Katz, presidente da Gubtcheká, ficou vermelho de vergonha pela fraqueza momentânea. Girou com força a manivela do telefone, verificando com o chefe da cadeia se havia alguma solitária livre. Acendeu o cigarro, à espera de Srúbov, assinando, firme e tranquilo, seu decreto de prisão.

Mas Srúbov já estava na rua. As calçadas estavam apertadas e cheias de gente. Abria largamente as pernas ossudas e compridas no meio da rua. Balançava os braços. Cabelos ao vento, eriçados, em várias direções. Curiosos paravam e apontavam-no com o dedo. Não via nada. Apenas entendia que precisava correr. Dobrou esquinas algumas vezes. Nomes de rua, números de casa não desempenhavam nenhum papel. O importante era apenas esconder-se. Perdia o fôlego, caía, levantava-se, e novamente adiante. Algumas portas batiam, abriam-se. Cresceu a esperança de que a fuga daria certo. Não o alcançariam...

E, de repente, inesperadamente, como uma desgraça, um muro negro impenetrável cortou-lhe o caminho. E, às costas, seu duplo. Acontece que fora perseguido o tempo todo. Não olhou para trás – não viu. Agora estava satisfeito – tinha alcançado. Pegava ar com a boca, como um peixe, e torcia o focinho.

Srúbov não entendeu que estava em seu apartamento, diante do tremó.

Dessa vez, não teve medo de seu duplo. Instantaneamente decidiu aniquilá-lo. O machado da estufa saltou sozinho para suas mãos. Com toda a força, deu no rosto do duplo. Varou-o – do olho direito ao lóbulo da orelha esquerda. E ele, estúpido, no último segundo ainda ria, gargalhava. Assim, com uma gargalhada, esparramou-se pelo solo, em estilhaços cintilantes.

Um inimigo estava aniquilado. Agora, o muro. Em vão imaginavam colocá-lo contra ele. Ninguém conseguiria fuzilá-lo. Enganaria a todos. Que pensassem que ele iria se despir; golpearia com o machado. Cortaria e fugiria.

Atrás, na porta, o rosto pálido e assustado da mãe.

– Andriucha, Andriucha.

O estuque caiu. O flanco amarelo do madeiramento. Lascas voavam. Cada vez mais forte. O machado saltou do cabo. O diabo que o carregue. Tinha os dentes. Com os dentes, com as unhas, roeria, arranharia e fugiria.

– Andrei Pávlovitch, Andrei Pávlovitch, o que está fazendo?

Quem era esse que o puxava pelos ombros? Precisava olhar. Talvez o duplo tivesse se levantado novamente do chão. Queria dizer que não o matara de vez. Srúbov fitou friamente os olhos do pequeno homem atarracado de bigode preto. A-há, o inquilino Sorókin. Pequeno-burguês, trabalhava na previdência social. Era preciso manter a dignidade, afastar-se daquele lixo. Ergueu a cabeça com orgulho:

– Peço em primeiro lugar para não vir com familiaridades, não me tocar com essas mãozinhas sujas. Em segundo lugar, lembre-se, sou comunista, e nomes cristãos, esses Andreis bem-aventurados e Vassílis primeiros apóstolos[22] ou o que for... Pois bem, não os reconheço. Caso deseje se dirigir a mim, então, por favor – meu nome é Limão...

Por algum motivo, ficou subitamente cansado. A cabeça rodava. Não tinha forças. Intoxicara-se com o ar? Precisava passear pela cidade de automóvel. Talvez devesse consultar aquele pequeno-burguês. Parecia estar de acordo, até contente. E a mãe também estava lá, sorrindo, balançando a cabeça.

– Vá dar uma volta, Andriucha, vá dar uma volta, querido.

Na antessala, permitiu que lhe vestissem o casaco. Na cabeça, o quepe mais leve. Quanto mais leve, melhor. À porta, voltou-se. A mãe chorava por algum motivo. Tremia toda, sacudia.

– Mamãe, não se esqueça da almôndega de Iúrik para o desjejum de hoje...

Ela não respondeu nada, chorava. O automóvel, por algum motivo, não era movido a gasolina, mas

---

22 O personagem confunde: na Igreja Ortodoxa, Andrei (ou André) é Protocletos, ou seja, o primeiro apóstolo a ser chamado, enquanto Vassíli (ou Basílio) é o Bem-Aventurado.

por tração de cavalo. E era puxado por um rocinzinho extenuado. Bem, dava na mesma. O importante era estar sentado. E Sorókin não era mau, até dava para falar com ele.

— Sorókin, o senhor sabe que venho de uma fábrica mecânica. Sou um operário. Vinte e quatro horas por dia.

Mesmo assim, era difícil ficar sentado. Será que podia se deitar? Precisava perguntar.

— Sorókin, a cama está longe? Estou mortalmente cansado.

Mas que tipo, esse Sorókin. Um tronco de óculos. Calado. Um mau cavalheiro — agarrou-o pela cintura, como um urso.

Atrás da esquina, pessoas e uma orquestra, com uma bandeira vermelha desfraldada. A orquestra silenciou. Batida forte e nítida de pés.

Nos olhos de Srúbov, a bandeira vermelha alastrava-se como uma névoa vermelha. A batida dos pés era a batida de machados nas jangadas (jamais esqueceria). Srúbov teve a impressão de voltar a navegar em um rio de sangue. Só que não estava em uma jangada. Desprendera-se, e estava sozinho em uma lasca, rolando nas ondas. E as jangadas, ao lado, ultrapassavam-no. Ao longo das margens, navios de muitos andares. Srúbov achou um pouco ridículo que centenas de passantes, que trabalhavam ali, com os rostos vermelhos e cheios, e as veias tensas e inchadas, erguessem para o céu os lápis longos, longos das chaminés, desenhando com a fumaça garatujas no papel azul do céu. Crianças em tudo. Afinal, estas também sempre traçam garatujas em seus cadernos.

Uma névoa fétida sobre o rio. Margens abruptas de pedra sobre ele. Uma *russalka*[23] de olhos azuis nadava ao seu encontro, balançando. Em seu cabelo dourado, um diadema vermelho de coral. Uma bruxa peluda, de peito grande e traseiro largo, estava ao lado dela. Um silvano gordo de pelo negro caminhava pela água, como se fosse terra. Da água, saíam braços, pernas, cabeças enegrecidas, semidecompostas, como cepos, como tocos, madeixas de mulheres enredavam-se como algas. Srúbov empalideceu, os olhos não fechavam de horror. Quis gritar – a língua grudou nos lábios.

E as jangadas sempre a passar, a passar... Fileiras de navios de muitos andares. A orquestra emparelhou com a caleche de Srúbov. Pôs-se a ribombar. Srúbov agarrou a cabeça com as mãos. Para ele, não era a batida de pés, o rufar de tambores, o urro de metais – a terra estava tremendo, um vulcão rugia, em erupção, a lava de sangue e fogo ofuscava, uma cinza negra e ardente chovia na cabeça, no cérebro.

---

[23] Espécie de sereia eslava.

E eis que, curvando-se ao peso da massa preta incandescente que se derramava nas costas, nos ombros, na cabeça, protegendo o cérebro das fagulhas negras com as mãos, Srúbov via que o rio estreito, turvo e sangrento na nascente, que jorrava da cratera incandescente, no meio ia ficando cada vez mais largo, mais iluminado, mais puro e, na foz, transbordava em um espaço cintilante, transbordava em um oceano ensolarado e sem margens.

Jangadas a passar, navios a passar. Srúbov reuniu as últimas forças, sacudiu dos ombros o peso negro, lançou-se contra o gigante de muitos andares mais próximo. Mas as bordas eram lisas, escorregadias. Não havia onde se segurar. Srúbov pulou da caleche, caiu na calçada, balançou os braços, quis nadar, quis gritar, mas apenas rouquejou:

– Eu... eu... eu...

E nas costas, nos ombros, na cabeça, no cérebro, as cinzas negras da montanha negra incandescente batiam, queimavam, queimavam, batiam.

E naquele mesmo dia.

Membros do batalhão da Tcheká jogavam damas no clube, jogavam, trincavam avelãs, ouviam Vanda Klembróvskaia tocar algo "ininteligível" ao piano.

Iefim Solómin, em um comício, falava em cima de um caixote alto.

– Camaradas, nosso partido, o Erre-Ká-Pê, nossos

professores Marx e Lênin são trigo seleto, escolhido. Nós, comunistas, somos trigo semelhante. Ora, os sem partido são sobras, rabeira. O sem partido entende o que acontece? De jeito nenhum. Pra ele, os assassinos e a Tcheká são um só assassinato. Pra ele, Vanka mata, Mitka mata. Não tem como ele entender que não é Vanka nem Mitka, mas a comunidade, que não é assassinato, mas execução, um assunto da comunidade...

E Ela, por causa do vidro moído das conspirações, à estricnina da sabotagem, vomitava sangue, e Sua barriga (segundo a Bíblia, o ventre) inchava de maternidade, de fome. E ferida, ensanguentada com seu próprio sangue e com o dos inimigos (por acaso não eram Seu sangue Srúbov, Katz, Boje, Mudýnia), esfarrapada, em andrajos cinza-avermelhados, de camisa rude e piolhenta, pisava firme. De pés descalços na grande planície, contemplava o mundo com olhos vigilantes e coléricos.

Posfácio
Irineu Franco Perpetuo

> "A descrição mais profunda e assustadora da desumanização produzida pelo Terror Vermelho em seus executores aparece em uma novela expressionista pouco conhecida, *Lasca* (*Schepka*, 1923), de um escritor siberiano, Vladímir Zazúbrin (1895-1938). Rejeitada pela revista *Sibírskie Ogní* (*Luzes da Sibéria*), nos anos 1920, essa novela foi publicada apenas em 1989, e, em 1992, Aleksandr Rogójkin transformou-a em filme, *O tchekista*."

Essa é a única e significativa menção a Zazúbrin e sua obra nas mais de novecentas páginas de *A History of Russian Literature*, ambiciosa publicação de 2018 da Oxford University Press que propõe um novo cânone unificado da literatura russa após todas as mudanças ocasionadas pelo fim da URSS. Longe de ser atípica, a trajetória de *Lasca* parece obedecer a um padrão: impedida de ser publicada quando da sua redação, foi redescoberta no tsunami de liberdade de expressão da *glasnost* de Mikhail Gorbatchov, chegando às telas já na dissolução do império soviético.

Como se sabe, a partir da *glasnost*, não apenas autores vivos puderam se manifestar com liberdade, e os que haviam emigrado pararam de ser tratados como párias, ganhando a chance de ter sua produção divulgada no país; também as vozes silenciadas no passado obtiveram uma nova (ou, muitas vezes, primeira) oportunidade de serem ouvidas. No célebre romance *O mestre e Margarida*, Mikhail Bulgákov (1891-1940) escreveu que "os manuscritos não ardem" e, nas últimas três décadas, efetivamente, toda uma produção literária parece ter, em alguns casos até literalmente, renascido das cinzas.

Em *Os escombros e o mito: a cultura e o fim da União Soviética*, Boris Schnaiderman descreve: "Com a abertura do 'depósito especial' de obras proibidas, o famoso *spietzkhran*, vieram ao público fatos estarrecedores. Havia ali mais de 300 mil títulos de livros, mais de 560 mil revistas e pelo menos 1 milhão de jornais. Em cada caso, recolhiam-se ao depósito uns poucos exemplares, e queimavam-se os demais". Em *La Parole ressuscitée: dans les archives littéraires du KGB*, Vitali Chentalínski estuda a herança literária dos escritores vítimas da repressão, com foco nos interrogatórios, dossiês e no material que os órgãos de segurança apreenderam dos literatos presos.

Não por acaso, *Os manuscritos não ardem* é o título do artigo em que a estudiosa de literatura Rimma Kolésnikova, de Tomsk, narra sua busca de *Lasca*, obra da qual ouvira falar por Fiódor Tikhmeniov, um sobrevivente do *gulag* que fora amigo e colega de Zazúbrin. "Seus romances *Dois mundos* e *As montanhas*, desde a reabilitação do autor, já regressaram de uma longa inexistência. Mas, sobre *Lasca*, não há nada, em lugar nenhum, além de confirmações isoladas de que existiu, de alguém que leu, ouviu a leitura ou ouviu dizer. Dizem que o 'cabeçudo' Zazúbrin entregou-a a Dzerjínski[1], que disse que, na melhor das hipóteses, poderia ser publicada em cinquenta anos", conta a autora.

Kolésnikova acabou encontrando *Lasca* na seção de manuscritos da Biblioteca Estatal Lênin (atual Biblioteca do Estado Russo), em Moscou. Em 1989, graças à colaboração do escritor Víktor Astáfiev (1924-2001), a novela finalmente foi publicada no almanaque *Ienissei*, e nas revistas *Luzes da Sibéria* (a mesma que a rejeitara 66 anos antes) e *Nosso Contemporâneo*. Três anos depois, foi um dos seis filmes de *Novelas russas*, projeto de adaptação de obras literárias para o canal francês La Sept. Exibida

---

[1] Félix Dzerjínski (1877-1926), fundador da Tcheká.

na mostra *Un certain regard*, no Festival de Cannes, em 1992, a produção franco-russa, dirigida por Rogójkin, leva o nome de *O tchekista*, o que talvez explique o fato de o livro ter recebido esse título ao ser traduzido na França e em Portugal.

Junto com *Lasca*, Kolésnikova achou ainda um prefácio, de autoria de Valerian Pravdúkhin, para a projetada e jamais realizada publicação da obra, em 1923. Mesclando cuidadosamente críticas e elogios a Zazúbrin, o prefácio ajuda a entender a mentalidade da época e os limites do que seria aceitável publicar na URSS recém-proclamada (não custa lembrar que, embora a Revolução tenha se iniciado em 1917, a URSS só foi criada oficialmente em 1922): "Essa novela, apesar de seus fracassos, das intermitências psicológicas, é um objeto artístico necessário, que tem força para dar um 'choque' emocional em almas frouxas, de estufa", afirma o autor.

"Aqui temos diante de nós um herói como a história da humanidade ainda não viu. Aqui há a tragédia interna desse herói, que não suportou sua façanha heroica", escreve Pravdúkhin, diante do colapso de Srúbov, o tchekista que sucumbe diante da repressão que ele mesmo comanda, na Tcheká. "Mas o sentido da façanha em si está claro, os objetivos da façanha são fortemente ressaltados e, principalmente, o artista desnuda concretamente, no homem, aquilo que o impede de atravessar, por fim, a fronteira que divide o velho e o novo mundo."

Segue-se, então, uma advertência preventiva contra as críticas: "Claro que os pequeno-burgueses vão se assustar com esse desenho artisticamente denso, como se assustaram, com muito mais base subjetiva, antes da Revolução, mas por acaso foi para eles que a Revolução abriu caminhos largos para distâncias iluminadas, para o oceano da sociedade sem classes?".

Tendo desqualificado os eventuais opositores de Zazúbrin como "pequeno-burgueses", Pravdúkhin conclui com um chamado aos "verdadeiros revolucionários": "Ao verdadeiro revolucionário, a novela de Zazúbrin ajudará, finalmente, a cauterizar os 'estilhaços' do passado histórico que ficaram em seu ser, para se tornar o engenheiro ousado de sua reorganização inevitável e alegre. Essa é a justificativa da tentativa ousada de um jovem escritor de talento".

O "jovem escritor de talento" adotara Zazúbrin como pseudônimo. Vladímir Iákovlevitch Zubtsov (1895-1937) nasce em Penza, na Rússia europeia, localizada 625 quilômetros a sudeste de Moscou, filho de um pai ferroviário, e engajado no movimento revolucionário, e de mãe dona de casa, de família operária. Em 1906, a família muda-se para Sýrzan, na região de Samara, onde o pai é confinado pela participação no levante de 1905. Enquanto Iákov Zubtsov se empenha em estudos, como autodidata, chegando a se tornar advogado, seu filho, Vladímir, entra para a agitação política bolchevique, publicando a revista clandestina *Repercussões*. Em 1912, aos 17 anos, escreve a primeira novela, *A flor venenosa*; em 1917, infiltra-se na Okhrana, a polícia política tsarista, e é preso. Segue-se uma rotina de atividades subversivas e detenções de curto período até que, em agosto do mesmo ano, aos 22 anos, é convocado para o Exército (não devemos nos esquecer de que a Rússia estava lutando na Primeira Guerra Mundial) e enviado para a Escola Militar de Paulo I, em Petrogrado. Com a tomada do poder pelos bolcheviques, em outubro, integra o comitê revolucionário da escola e depois se torna secretário do comissário do banco estatal.

Em uma reviravolta típica de uma época de mudanças abruptas e dramáticas, em 1918 regressa a Sýrzan, ocupada pelos Brancos, que o enviam para a Escola Militar de Oremburgo – na divisa entre a Rússia europeia e a asiática –, que, após a tomada da cidade pelo Exército Vermelho, é evacuada para Irkutsk – já na Sibéria. Após dez meses de instrução militar, recebe a patente de segundo-tenente. No verão de 1919, serve no exército contrarrevolucionário do almirante Koltchak, bandeando-se para o lado dos Vermelhos em outubro do mesmo ano. Logo em seguida, o tifo põe fim a suas atividades bélicas e enseja mudanças românticas e profissionais em sua trajetória: acolhido em Kansk na casa dos Teriáiev, acaba se casando com um membro da família, Varvara, e começa a redação do romance *Dois mundos* (1921), crônica da Guerra Civil, elogiado por Górki, saudado por Lênin como "um livro terrível, um livro necessário" (a citação, não por acaso, abre o prefácio de Pravdúkhin para *Lasca*), e lido em voz alta nas linhas de batalha.

O caminho, então, parece ser mesmo a literatura: em 1922, Zazúbrin dá baixa do Exército e, no ano seguinte, torna-se presidente e secretário da recém-criada revista *Luzes da Sibéria*. Em plena ascensão, aos 28 anos, escreve *Lasca*, que marca uma inflexão em sua trajetória – mas não exatamente como Zazúbrin desejava. Sua própria revista rejeita a novela e, no ano seguinte, com a morte de Lênin e a ascensão de Stálin, o regime torna-se cada vez mais fechado e restritivo.

Ainda nos anos 1920, enquanto se empenha no fomento e difusão das atividades literárias na Sibéria, Zazúbrin publica as controversas *Verdade pálida* (um retrato da NEP, a Nova Política Econômica, no qual há quem veja paralelos com *O ano nu*, de Boris Pilniak) e *Habitação coletiva*, asperamente criticada por Lelevitch, um dos dirigentes da Associação Russa de Escritores Proletários, como "pasquinada contra a Revolução e o Partido Comunista".

Redige ainda dois roteiros para o cinema: *Gás vermelho* (1924), adaptação cinematográfica de *Dois mundos*, e *Pequena isbá no Baikal* (1925), filme atualmente extraviado. Trabalha em *Luzes da Sibéria* até 1928; no mesmo ano, entra para a revista *Presente*, de Novossibirsk, porém acaba expulso do Partido Comunista por participação na oposição interna.

Quem o socorre é Górki, ajudando-o a encontrar emprego em Moscou, onde Zazúbrin passa a última década de sua vida trabalhando para a editora estatal, Gozisdat, e a revista *Colcoziano*. Pertencem a esse período *As montanhas* (publicado na revista *Novo Mundo*, em 1933) e *Últimos dias* (1936), lembranças de Górki, falecido naquele mesmo ano.

Com a morte do autor de *Pequenos burgueses* e o recrudescimento do poder stalinista, os dias de Zazúbrin estão contados. O escritor e sua mulher, Varvara, encontram-se entre os inúmeros cidadãos soviéticos que foram presos no terrível ano do Terror – 1937. A acusação: pertencer a uma organização de terrorismo e sabotagem de direita. Fuzilado em 28 de setembro de 1937, Zazúbrin é reabilitado durante o degelo e desestalinização de Khruschov, em 1957 – depois de seu filho único, Ígor, tombar defendendo a URSS na Segunda Guerra Mundial, em 1942. Talvez não seja exagero afirmar que sua inserção na vida cultural russa ainda está em curso: em 2016, uma placa memorial foi colocada em seu "último endereço", no número 15/25 da travessa Sívtsev Vrájek, em Moscou.

IRINEU FRANCO PERPETUO é tradutor e crítico musical. Traduziu, também do russo, para a Carambaia, a peça *Os dias dos Turbin* (2018), de Mikhail Bulgákov, *Tolstói & Tolstaia* (2022), Lev Tolstói e Sófia Tolstaia e *Xis e outras histórias* (2022), de Ievguêni Zamiátin.

Primeira edição
© Editora Carambaia, 2019

Esta edição
© Editora Carambaia
Coleção Acervo, 2022

Título original
Schepka [1923]

Preparação
Eloah Pina

Revisão
Floresta
Ricardo Jensen de Oliveira
Tamara Sender
Valquíria Della Pozza

Projeto gráfico
Bloco Gráfico

CIP-BRASIL. CATALOGAÇÃO NA
PUBLICAÇÃO / SINDICATO NACIONAL
DOS EDITORES DE LIVROS, RJ /
Z46L / Zazúbrin, Vladímir, 1895-1937 /
Lasca / Vladímir Zazúbrin; tradução e
posfácio Irineu Franco Perpetuo. [2. ed.]
São Paulo: Carambaia, 2022. / 136 p.; 20 cm.
[Acervo Carambaia, 21]
Tradução de: *Schepka*
ISBN 978-65-86398-92-2
1. Romance russo. I. Perpetuo, Irineu
Franco. II. Título. III. Série.
22-78313 / CDD 891.73 / CDU 82-3(470+571)

Meri Gleice Rodrigues de Souza
Bibliotecária – CRB-7/6439

Editorial
Diretor editorial Fabiano Curi
Editora-chefe Graziella Beting
Editora Livia Deorsola
Editor-assistente Kaio Cassio
Contratos e direitos autorais Karina Macedo
Editora de arte Laura Lotufo
Produtora gráfica Lilia Góes

Comunicação e imprensa Clara Dias
Comercial Fábio Igaki
Administrativo Lilian Périgo
Expedição Nelson Figueiredo
Atendimento ao cliente Meire David
Divulgação Rosália Meirelles

Fontes
Untitled Sans, Serif

Papel
Pólen Soft 80 g/m²

Impressão
Ipsis

Editora Carambaia
Av. São Luís, 86, cj. 182
01046-000 São Paulo SP
contato@carambaia.com.br
www.carambaia.com.br

ISBN
978-65-86398-92-2